# 《红楼梦》家教古今谈

陈菊芬　顾易　著

中国妇女出版社

图书在版编目（CIP）数据

《红楼梦》家教古今谈 / 陈菊芬，顾易著. -- 北京 ：中国妇女出版社，2025. 3. -- ISBN 978-7-5127-2430-3

Ⅰ. I207.411；B823.1

中国国家版本馆CIP数据核字第2024SD0215号

责任编辑：闫丽春
封面设计：末末美书
责任印制：李志国

出版发行：中国妇女出版社
地　　址：北京市东城区史家胡同甲24号　　邮政编码：100010
电　　话：（010）65133160（发行部）　　65133161（邮购）
网　　址：www.womenbooks.cn
邮　　箱：zgfncbs@womenbooks.cn
法律顾问：北京市道可特律师事务所
经　　销：各地新华书店
印　　刷：北京中科印刷有限公司

开　　本：145mm×210mm　1/32
印　　张：6.125
字　　数：120千字
版　　次：2025年3月第1版　　2025年3月第1次印刷
定　　价：49.80元

如有印装错误，请与发行部联系

# 序言

家庭是每个人的私人生活空间。但是，家庭究竟是什么？这是我们首先要弄清的一个概念。

家庭是以婚姻为基础，以同居共财为特征，以血亲和姻亲关系为纽带组成的社会共同体。家庭随着人类社会的经济、政治、文化的发展而变迁。古代的家庭，大多是以直系血亲大家庭分裂为若干个小家庭后的总和。今天，我们的家庭逐渐小型化，一般是以夫妻为核心组成的家庭。

家庭是一个人出生、成长、生活的地方，是人生的第一所学校，家长是孩子的第一任教师和终身教师。家庭承担的最主要功能是维系家庭生活的正常运转和家庭人口的再生产，也即传宗接代，生生不息。由此，产生了家庭教育，并与学校教育、社会教育构成完善的教育体系。

那么，什么是家庭教育？学者邓佐军在《家庭教育学》一书中说，家庭教育是在家庭生活中发生的，以亲子关系为中心，以培养社会需要的人为目标的教育活动。学者林淑玲将“家庭教育”定义为：为健全个人身心发展，营造幸福家庭，以建立祥和社会，而透过各种教育形式以增进个人家庭生活所需之知识、态度与能力的教育活动，称为家庭教育。

中国是一个高度重视家庭教育的国度，尽管人们在社会地位和经济地位上有差异，但不同家庭对未来都有着共同的期望，如经济富足、身体安康、子孙满堂、门庭兴旺。若要实现这一理想，必须重视对子孙的教育和培养。为了使子孙成才，有的家庭立了家训、家规，有的办了家学，有的总结、提炼了家教的规则。我国古代有颜之推的《颜氏家训》、朱柏庐的《治家格言》，近现代有以家书方式呈现的《曾国藩家书》《梁启超家书》《傅雷家书》等，更有专业儿童教育学家如陈鹤琴的《家庭教育》等从儿童心理的专业角度论述家庭教育的系列名作。我国古代经典《周易》《论语》《大学》《中庸》《孟子》《史记》等著作中，也有专门的篇章来论述家庭教育的内容和方法以及家庭教育对一个人、一个家庭、一个国家的影响之深刻和意义之深远。

在我国的经典著作中，我们不能忽略一部名著，那就是《红楼梦》。著名红学家周汝昌先生将《红楼梦》称为“文化小说”，认为曹雪芹“是古今罕见的一个奇妙的‘复合构成体’——大思想家、大诗人、大词典家、大文豪、大美学家、大社会学家、大心理学家、大民俗学家、大典章制度学家、大园林建筑学家、大服装陈设专家、大音乐家、大医药学家”，周老先生认为，《红楼梦》表面上写了一个家庭、一个家族的兴衰荣辱、离合悲欢，实际上写的是中华文化的万紫千红的大观与奇境。在《红楼梦》中，我们“历历如绘、栩栩如生地看到了我们中华人如何生活，如何穿衣吃饭，如何言笑逢迎，如何礼数相接，如何思想感发，如何举止行为”。

《红楼梦》确实是一部家教大书。曹雪芹在第一回的“回前批”中说：“自又云：‘今风尘碌碌，一事无成，忽念及当日所有之女子，一一细考校去，觉其行止见识，皆出于我之上。何我堂堂须眉，诚不若彼裙钗哉？实愧则有馀，悔又无益之大无可奈何之日也。当此，则自欲将已往所赖天恩祖德，锦衣纨袴之时、饫甘餍肥之日，背父兄教育之恩，负师友规训之德，以至今日一技无成、半生潦倒之罪，编述一集，以告天下人。’”曹雪芹在这里讲了著述《红楼梦》的动因和宗旨，主要是讲述自身从富贵荣华之家走向贫困潦倒的事实，以警醒后人。

《红楼梦》是一部思考个人人生命运、家庭兴衰、人类兴亡的经典，其中对中国家庭教育的目标、内涵、模式、方法的展示，既有对成功的经验之谈，也有对失败的反思，是一部鲜活生动的教材，是一面以古鉴今的镜子。

家庭教育往小看，能够帮助孩子健康成长；往大看，则是社会、民族、国家良性发展的基石。“所谓治国必先齐其家者，其家不可教而能教人者，无之。”（《大学》）治理国家一定要先齐整家庭，因为连自己家庭中的人都不能教导，却能教导别人，这是没有的事。家庭教育是人类智慧的集合，不仅是生物基因的遗传，而且是社会文化的代代相传。这种传递主要依托于儿童，依托于能够给予儿童正确家庭教育的家长、老师，也依托于社会环境和时代风尚的熏陶。

中华民族自古以来就重视家庭和家庭教育。“国家”是中华民族特有的概念，“国”和“家”紧密相连，国由家组成，治国从治家开始，有国才有家；天下之本在国，国之本在家。千家万户都好，国家才能好，民族才能好。

曾国藩说：“凡家道所以持久者，不恃一时之官爵，而恃长远之家规，不恃一二人之骤发，而恃大众之维持。”大家世族赖以兴盛的，不仅是物质“硬实力”，更是精神“软实力”，也就是说，良好的家风家教是治家教子、修身处世的重要载体，是中华民族传统文化的重要内容。家风家教是现代公民德育的基石，家风家教与整个社会教育和社会风气休戚相关。一个家庭的规矩风气，藏着长辈的三观，影响后代的行为，决定未来的祸福。贾府的命运警醒我们：家风纯良，则家兴旺；家风腐化，则家落败。家风对社会而言就是信仰的力量、道德的力量和文化的力量。

良好的家庭教育会培养家庭成员坚定而高尚的品格，能带动家庭成员在社会交往中产生辐射效应，对社会发展起到正向、积极的推动与促进，最终带动社会风气向善向好。

习近平总书记指出，“千家万户都好，国家才能好，民族才能好”。反之，民族好，国家好，千家万户也才能好。良好的家庭教育不仅是家庭、家族立足的基点，更是国家强盛与民族兴旺的根基所在。良好的家庭教育会营造良好家风，增强家庭、家族的凝聚力，使家庭成员焕发出振奋生命的精神力量，反过来又推动着家庭、家族向前走，给家庭注入新的活力，因此，家庭的前途命运同国家和民族的前途命运紧密相连。国家富强、民族复兴、家庭幸福，三者相辅相成，不可或缺。

随着经济社会的快速发展，家庭结构和生活方式正在发生显著变化，家庭教育的内容和方式也必然随之发生变化。今天的中国，正在大步迈向新时代，我们生逢盛世，更需要通过良好的家庭教育、端正的家风建设，为强国之路、为中华民族伟大复兴之路提供坚强保障。

在《红楼梦》中，当家的妻离子散、家破人亡；为官的遭到贬黜、身败名裂；富贵的千金散尽、荣耀不再。这一切后果仿佛无因可循，仿佛“胜席华筵”注定要“曲终人散”，仿佛无论如何都无法挽救“忽喇喇似大厦倾，昏惨惨似灯将尽”的命运。然而果真如此吗？假如将一切归因于“命”与“数”，那便是枉读了这部巨著。无论是书中处处用“假语”掩去“真事”的“障眼法”，还是脂砚斋多次因书中场景勾起往事的批注，都揭示着贾府由盛而衰背后蕴含的文化密码。所以，作为读者，只有不断地获得对那个时代、那个社会的了解，不断地获得对家风家教的反思，不断地获得对家庭维系与瓦解的警醒，不断地从贾府由盛到衰的家风家教中吸取教训，才能不断地修正我们自身的理念、内容和方法，以避免类似贾府那样的悲剧再次发生。

本书的写作围绕着家庭教育这一主线，采取两两相对的手法，融汇道法，贯通古今，着眼于新的发现，落脚于现实生活中的运用，分析了家风的“好”与“坏”，家长的“优”与“劣”，子女教育的“成”与“败”，隔代教育的“贤”与“愚”，缺憾家教的“得”与“失”以及贾府家教方法的“对”与“错”，揭示家庭教育中的文化密码，以期传承好的，摒弃坏的，继承、弘扬和创新中国的好家风、好家教。

# 目录

# 第一讲

# 谈谈家风的『好』与『坏』

家风，也叫“门风”，是一个家庭或家族在长期的繁衍生息中，经过培育和代代相传，体现家族成员的精神风貌、道德品质、文化风格，并由此而呈现出来的家庭生活方式和生活习惯。家风是一个家族、一个家庭长期积累下来的最基本的价值体现、行为模式和情感特征。家风虽然看不见、摸不着，但是，时刻体现在家庭生活中。家风对一个家、一个人有巨大的影响，决定着一个家庭的发展方向、目标和内涵，其影响是极其深远的。

家风是一种价值观。例如，中国传统家规中有“家里的第一碗饭永远先盛给老人”，这种尊老的价值观是中国孝道观念的具体体现，是广大社会成员普遍的价值认同，也直接影响着社会的核心价值观。

家风也是一种在价值观指导下的行为方式，如“客来敬茶”“酒满敬人，茶满欺人”等礼仪，是中国礼仪观的具体体现。正是千千万万个家庭的礼敬、守序、正雅的行为，汇集成全社会积极、健康的行为模式。

家风也是一种情感，如夫妻相爱、孝敬父母、兄弟和睦、姑嫂团结等伦理规范，是中国仁爱、友善的道德观的具体体现。正是无数个温情的家庭，营造了和谐的社会情感氛围。

家风影响到每个人的人生轨迹，家风关系到一个家庭的兴衰，一个国家的成败。为此可以说，家风是一个民族、一个社会、一个国家的软实力。

“中国航天之父”“中国导弹之父”钱学森先生说：“一个好的家风，胜过千万名校。”家风是社会风气的重要组成部分，家风建设不仅事关家道兴衰，而且事关社会风气好坏。家风好，就能家道兴盛、和顺美满；家风差，难免殃及子孙、贻害社会，如《易经》所言：“积善之家，必有余庆；积不善之家，必有余殃。”

家风不是孤立的存在，而是人与社会的重要连接点。良好的家庭教育，可以影响和辐射社会成员的思想品格和行为方式，对形成社会主义文明新风尚、维护社会和谐安定具有基础性作用。追根溯源，是因为一个个鲜活的人的道德品质、价值观念、行为习惯等都来自不同家庭家风的熏陶，由此形成了家风对社风的深刻影响。

“风以动之，教以化之。”优良家风是对一个家庭及其成员的涵育陶冶，也是对整个社会风气的教化熏染。《大学》云：“一家仁，一国兴仁；一家让，一国兴让。”优良家风与社会风气是一个双向的互动过程。优良家风，不仅是物质财富的载体，而且是一个家庭的精神信仰和性格特征，是众多家庭成员的精神寄托。优良家风对家庭成员的影响，当然有一种刚性的规范、制约作用，但更为重要的是一种柔性的调适与引导，是一种通过家庭成员间的情感沟通、身体力行而潜移默化、润物无声的过程，《魏书》所云“渐渍家风”便是对这一过程的形象阐释。因此，优良家风，是中华民族历史长河的积淀，是中华优秀传统文化的凝结。优良家风的传承，是对中华文明源远流长的彰显，是中华民族文明传承与弘扬的另一种轨迹，是支撑中华民族生生不息、薪火相传的重要精神力量，是家庭文明建设的宝贵精神财富。

《红楼梦》所描述的贾府从兴盛走向衰落的主要根源在于家风。假如我们把贾府被“抄家”作为由“盛”到“衰”的转折点的话，恰好能看到其盛亦“家风”，其衰也“家风”。为此，在这一讲里，将沿着贾府家族由盛向衰的演变轨迹，寻找其家风的“好”与“坏”。

## 一、决定贾府家族兴隆中家风的“好”元素

贾府能成为名门望族，兴盛之时达到“烈火烹油”的程度，靠的是好家风提供的正能量。

## （一）历经苦难，创业兴家

贾府的第一代是凭借赫赫军功得到的爵位功臣，他们居住的住所称为"府"，也就是荣国府、宁国府。在第七回里，曹雪芹借尤氏之口，道出贾府第一代创业兴家时的艰辛："只因他（焦大）从小儿跟着太爷们出过三四回兵，从死人堆里把太爷背了出来，得了命；自己挨着饿，却偷了东西来给主子吃；两日没得水，得了半碗水给主子喝，他自己喝马溺。"[①]又借焦大的口说，"你祖宗九死一生挣下这家业"，说明贾府的"第一桶金"是贾府第一代上了战场，历经刀枪剑戟、九死一生，千辛万苦立下赫赫战功"挣"来的，这安身立命的底气来自荣国公与宁国公的骁勇善战、英勇不凡。他二人出身何处，到底为国家做了什么了不起的大事，《红楼梦》中并未明说，只知道荣、宁二公去世后，皇帝依旧感念着他们二人，不仅给予他们二人及子孙后代享用不尽的荣华富贵，在荣国公的小儿子贾代善去世后，不仅立即让荣国公的孙子、贾代善的大儿子贾赦袭了官，还"问还有几子，立刻引见，遂额外赐了这政老爹（贾代善的小儿子贾政）一个主事之衔，令其入部习学，如今现已升员外郎了"。若没有一番相当的成就、没有过硬的德

① 本书引用《红楼梦》原文均出自人民文学出版社于 1982 年 3 月出版，2024 年 1 月印刷版本，后文不再一一标注。

行品格，断然不会得到皇帝惠及三代的恩泽。

首先，让我们看看贾家。

第四回里，曹雪芹写“贾不假，白玉为堂金作马”。宋代以后，“玉堂金马”代表翰林院，此句不仅指宁、荣两府官高爵显，而且暗示其是书香门第。

贾府的富丽堂皇是由宁国公、荣国公这一对同胞兄弟一起开创的。宁、荣二公之后，贾府上下共二十房，除宁、荣亲派八房当时定居于京都，其他十二房在原籍。一来可见贾府势力之大，蔓延各地；二来也反映出宁、荣两位兄弟是从自己的出生地一路拼搏厮杀至京城，最终将府邸定居在首都而非原籍。

第二个是贾母的娘家史家：“阿房宫，三百里，住不下金陵一个史。”史家是保龄侯尚书令史公之后，第一代是保龄侯尚书令，第一代之后，就连秦始皇盖的阿房宫都容纳不下史家的财富。贾母就是这个家的大小姐，嫁给了贾府的第二代，即荣国公的小儿子贾代善。

第三个是王夫人、王熙凤以及薛姨妈的娘家王家：“东海缺少白玉床，龙王来请金陵王。”王家第一代是都太尉统制，跟贾府一样，也是武官出身，东海龙王也要到金陵王家来借白玉床，可见王家十分富有。

第四个是薛姨妈的婆家薛家：“丰年好大雪，珍珠如土金

**如铁。**”“雪”和“薛”谐音，暗指薛家。薛家第一代是紫薇舍人薛公，紫薇舍人是一个文官。薛家用珍珠、黄金就像使用土和铁一样。

大家族的第一代大多如是，集智慧、才华于一体：才思敏捷、富有远见；坚韧不屈、百折不挠；小心谨慎、坚守初心。这样的第一代创始人，总是能用自己过人的智慧、灵活的头脑和勤劳的双手，为子孙后代留下难以计数的精神财富和物质财富。

纵观我国历代创业兴家者，无一不是自强不息、刚健有为、积极进取的，在家国情怀的感召下，创业、创造、创新，勤劳、奋斗、拼搏，为家庭的兴旺打下良好的物质基础，留下宝贵的精神财富。这一点，自古至今都是相似的。

## （二）三代同堂，礼教治家

贾府是一个典型的传统大家族。如果算上贾兰，可谓“四世同堂”，这与中国传统文化中尊祖、敬宗、合族的理念是一致的。倘若家族成员别居异财，有悖纲常伦理，为古代礼法德行所不齿。家族一体、累世同居的超大家庭是士大夫阶层毕生追求的理想家庭结构，在世人眼中，只有注重孝悌伦理及拥有大量田地的极少数仕宦人家才办得到，所以，贾府的四世同堂是最为尊贵的一种家族或家庭模式。

一般来说，我国古代大家族多以祖父为中心，成员包括直系男性亲属以及配偶、未出嫁的女儿、孙女；假如父死，则诸子分居，也就是我们通常所说的“分家”“分房”，他们会分别再建立各自的直系家庭。

《礼记·丧服小记》云：“亲亲，以三为五，以五为九。”意思是说，亲爱自己的亲属，上亲父，下亲子，形成三辈相亲，然后由父而亲祖，由子而亲孙，扩大至五辈。三代或三族被赋予了重要意义，作为区别亲疏长幼的礼仪规范和人道伦常的体现。三代为确定亲族关系的基础和起点，为亲之本，是家族体系中最为重要的组成部分。《礼记·大传》强调“服术有六”，即“亲亲”“尊尊”“名”“出入”“长幼”“从服”六条制服原则。在这六条“服术”中，“亲亲”与“尊尊”是纲领性的基本原则，所体现的是周代礼法制度的精神。孔子后人孔颖达对此解释道：“亲亲者，父母为首，次以妻子伯叔。”三代同居为一体，是我国古代社会确定亲属间身份与财产关系的基础。

过去认为，几代同堂家庭中的孩子，不仅仅是与祖父母、其他兄弟姐妹生活在一起，实际上是生活在整个宗族礼法之中。从年长的祖父母到身边的兄弟姐妹，再到来往的叔伯姑舅等，都在有意无意地向孩子传递着这个家族的价值观和宗族礼法。

宝玉虽然是贾府中的一个“富贵闲人”，整天无所事事，但对忠孝礼法不仅了然于胸，而且实践于行；贾珍与贾琏在书中有很多负面行为，但在对待长辈上，却依旧恭敬守礼，这就是大家族累世同居的家庭结构下代代相传的礼教熏陶的结果。在贾府这样的家庭模式中，贾母拥有至高无上的地位，即便她已经不再执行具体的管理事宜，儿媳王夫人和正在持家的孙媳妇王熙凤，也依旧要尊重贾母的意愿，关键时刻，贾母的话有着“一言九鼎”的效用。即使是正在教训儿子的贾政，贾母一声令下，他也要马上收起自己的情绪，垂手低头听贾母训示。所以，这样的家庭中，孩子在接受父母教育的同时，也接受着祖父母的教育，祖父母的教育是对父母言传身教的补充。

我国传统家庭历来严于礼法、讲求秩序，在宴请和仆从岗位等级分配等事务上有着一套相当完备、周密的礼教观念和礼俗规范。家法族规要求子女在家族生活中必须严守礼法秩序，比如晨昏定省之礼、侍疾之礼，等等。贾府也是如此。比如贾敬过生日，不想出道观，但儿子贾珍还是派人送去了礼物，不光送了礼物，还要着人询问父亲是否喜欢这些礼物。自己父亲过生日，就算父亲不领情，做儿子的也需要为父亲摆宴席做寿——**话说是日贾敬的寿辰，贾珍先将上等可吃的东西、稀奇些的果品，装了十六大捧盒，着贾蓉带领家下人等与贾敬送去，向贾蓉说道：“你留神看太爷喜欢不喜欢，你就行了礼**

来。你说：'我父亲遵太爷的话未敢来，在家里率领合家都朝上行了礼了。'”贾敬是东府的人，但贾珍还是郑重地请了西府的贾母，因为贾母是贾府里地位最高的尊长。只是贾母也没能到场，即使长辈没到场，恭敬的态度也不能少，所以贾珍说：“老太太原是老祖宗，我父亲又是侄儿，这样日子，原不敢请他老人家；但是这个时候，天气正凉爽，满园的菊花又盛开，请老祖宗过来散散闷，看着众儿孙热闹热闹，是这个意思。谁知老祖宗又不肯赏脸。”

《荀子·礼论》中讲，人天生有欲望、欲求，欲求得不到满足或者欲求没有限度，都会导致纷争祸乱。正是为了应对因欲求而可能引致的祸乱，才制定了礼义，对民众的欲求进行划分、规范，使之不过分、不过度。为了规范人的欲望、节制纷乱需要定位、定分，如果不讲求各安其位，则会出现人伦失序、纷争祸乱、国将不国。《管子·五辅》说：“上下无义则乱，贵贱无分则争，长幼无等则倍，贫富无度则失。上下乱，贵贱争，长幼倍，贫富失，而国不乱者，未之尝闻也。”意思是说，上级和下属之间没有礼义就会产生动乱，贵和贱之间不守本分就会引起纷争，长幼之间没有等级就会彼此悖逆，贫富之间没有法度就会失去控制。上下产生动乱，贵贱引起纷争，长幼相悖逆，贫富失控而国家不产生混乱的，从来不曾听说过。管子认为，如果不遵照上下长幼等秩序，则会出现乱、争、失等社会问题，最终致国家祸乱。然而，无论是通过礼义来规范人的欲望，还是通过礼义来区分人的社会地位，都是为了使家族中人各安其位、各守其分、各尽其能，体现的是我国传统文化注重人与人之间的关系，一开始就把个体置于群体和社会的关系之中，人不但不应回避这些关系，还要积极地适应这些关系，这样家族才会处于有序状态，推而广之，社会和国家才会良好运行。

过去人们将房屋建得宽而深，讲究一进、二进、三进甚至更多，根据功能划分为各个不同的院落，以容纳家中三代、四代甚至五代同堂，是为了尊卑有序，即便兄弟们分了家，分灶吃饭，也依旧有许多公用的房屋，如厅房、客房院、书房院、场院等。年轻人与老人同住、三代同堂，被认为是最自然、最合理，也是最圆满的一种家庭结构礼法。这些礼法仍然规范着人们的行为，礼教仍然是评价家风的标志之一，知书达礼仍然是人们对一个孩子的赞美。

老、中、幼三代同堂，在子女养育和教育方面呈现出诸多良好的效果。首先，年轻夫妻乐于向长辈学习养育儿女的宝贵经验；其次，在以孝为先的传统文化中，与老人同住便于子女为自己的孩子提供以孝悌为道的身教；最后，大家族人员众多，孩子们不仅能够接受来自父母的教导，还会习得同兄弟姐妹、叔伯哥嫂相处之道，孩子们之间也能懂得相互照应，这能极大地培养和训练孩子的社会适应性。

现在我们常常感叹独生子女性格上的诸多不足，这在古代三代同堂的家庭中是十分罕见的。因为，在过去每个人从出生开始就自然而然学着如何与他人相处，身为长兄或长女还要担负起一部分教导弟弟妹妹的职责；孩子们之间的自然接触，不仅可以使其相互交换知识，更有利于其人格的健全发展。大人和孩子在一起时，大人总是把对方当作小孩子看待，而孩子们在一起时，相互间就能将对方看作一个平等的人来对待。孩子们通过这样的关系，可以学会如何克制自己的任性，学会如何为他人着想、如何多角度考虑问题，我们由此可以看到大家庭积极的一面。虽然家庭的小型化是时代发展的必然趋势，却仍然缺少不了用礼仪规范约束每个家庭成员的行为。

### （三）孝悌为本，忠孝传家

在中华传统家风家教中，孝一直被摆在极其重要的位置。汉字的“孝”是一个会意字，早在甲骨文时期就已出现。“孝”字由“老”字头和“子”字组成，寓意老人地位至上，子女应该恭敬地侍奉老人。《说文解字》说：“孝，善事父母者。从老省，从子，子承老也。”

中华民族自古以来就有崇尚孝道的优良传统，将孝、悌、忠、信、礼、义、廉、耻“八德”视为“修身之要”和“教化之道”。“八德”之中，孝道居首，是最具代表性的中华民族传统美德，是夏礼以来最为家国传承所重视的伦理道德，作为“整齐门内，提撕子孙”而专门撰写的训导之辞更是把“孝”作为核心内容。被称为“家训之祖”的《颜氏家训》中说：“孝为百行之首。”三国时期的王昶在《诫子书》中也强调：“孝敬仁义，百行之首，行之而立，身之本也。”北宋的司马光认为，如果国家是一棵参天大树，那么孝就是这棵树的根；如果国家是一条奔流不息的大河，那么孝就是河水的源头。朱熹的《朱子家训》开篇即强调“父之所贵者，慈也。子之所贵者，孝也”。如此种种，无不体现着“孝”在民众心中无与伦比的地位。

《红楼梦》第十一回里宁国府的贾敬过生日，作为儿子的贾珍送礼行礼，以表孝敬。贾政更是处处显示其孝子的形象。古人选官首先看这个人是不是孝顺，叫“举孝廉”。贾政身为员外郎，一向勤勉，对待母亲更是敬爱、尊重。比如，第三十三回里，贾政正在教训儿子，贾母来了：

正没开交处，忽听丫鬟来说：“老太太来了。”一句话未了，只听窗外颤巍巍的声气说道：“先打死我，再打死他，岂不干净了！”贾政见他母亲来了，又急又痛，连忙迎接出来，只见贾母扶着丫头，喘吁吁的走来。

贾政上前躬身陪笑道："大暑热天，母亲有何生气亲自走来？有话只该叫了儿子进去吩咐。"贾母听说，便止住步喘息一回，厉声说道："你原来是和我说话！我倒有话吩咐，只是可怜我一生没养个好儿子，却叫我和谁说去！"贾政听这话不像，忙跪下含泪说道："为儿的教训儿子，也为的是光宗耀祖。母亲这话，我做儿的如何禁得起？"贾母听说，便啐了一口，说道："我说一句话，你就禁不起，你那样下死手的板子，难道宝玉就禁得起了？你说教训儿子是光宗耀祖，当初你父亲怎么教训你来！"说着，不觉就滚下泪来。

贾政又陪笑道："母亲也不必伤感，皆是作儿的一时性起，从此以后再不打他了。"贾母便冷笑道："你也不必和我使性子赌气的。你的儿子，我也不该管你打不打。我猜着你也厌烦我们娘儿们。不如我们赶早儿离了你，大家干净！"说着便令人去看轿马，"我和你太太宝玉立刻回南京去"！家下人只得干答应着。

贾母又叫王夫人道："你也不必哭了。如今宝玉年纪小，你疼他，他将来长大成人，为官作宰的，也未必想着你是他母亲了。你如今倒不要疼他，只怕将来还少生一口气呢。"贾政听说，忙叩头哭道："母亲如此说，贾政无立足之地。"贾母冷笑道："你分明使我无立足之地，你反说起你来！只是我们回去了，你心里干净，看有谁来许你打。"一面说，一面只令快打点行李车轿回去。贾政苦苦叩求认罪。

贾政本来是在教训儿子，本就恼怒，但见母亲来了，知道母亲见了孙子被打肯定心疼着急，万一身体承受不住有了什么好歹，怎么办！所以贾政“又急又痛”，连忙第一时间去迎接；然后“躬身陪笑”，赶紧抚慰母亲；听到母亲痛斥自己，便“叩头哭”“苦苦叩求认罪”——曹雪芹让我们看到了贾政的孝子形象。

中国传统文化要求子弟们“孝”，但是“孝”并非仅仅对父母孝顺，它其实是晚辈对长辈和尊者的一种礼仪规范。比如第六十二回中描写宝玉过生日。曹雪芹写道：

这日宝玉清晨起来，梳洗已毕，冠带出来。至前厅院中，已有李贵等四五个人在那里设下天地香烛，宝玉炷了香。行毕礼，奠茶焚纸后，便至宁府中宗祠祖先堂两处行毕礼，出至月台上，又朝上遥拜过贾母、贾政、王夫人等。

一顺到尤氏上房，行过礼，坐了一回，方回荣府。先至薛姨妈处，薛姨妈再三拉着，然后又遇见薛蝌，让一回，方进园来。晴雯麝月二人跟随，小丫头夹着毡子，从李氏起，一一挨着所长的房中到过。复出二门，至李、赵、张、王四个奶妈家让了一回，方进来。

宝玉自己过生日，要先去祠堂给祖宗敬香、奠茶、焚纸，给祖宗行礼表示感恩，然后要去拜祖母、父亲和母亲，祖母和父母不在身边，那就“朝上遥拜”。拜完了祖先、祖母和父母，接下来要拜族长，族长是贾珍，所以他前去东府（尤氏上房处），尤氏是贾珍的妻子。他给尤氏行了礼，还“坐了一回”，意思是光行礼是不够的，还需要与家中族长（或族长妻子）交流说话，最后才又回到自己府中。

中国传统家训尤其重视孝悌之礼，常把“孝”列于家训之首。早在春秋战国时期，圣人孔子就说：“孝弟也者，其为仁之本欤！”（《论语·学而》）孝悌之礼深深扎根于我国大家族的家庭生活和家庭成员的关系之中。从古代中国到现代社会，从繁华都市到偏僻村野，从帝王将相到布衣百姓，从簪缨世家到柴门小户，无不把孝视为立身之基、齐家之本。“孝”也由此成为最具中国特色的精神标识和文化传统。

古代人读书习字首先学“孝”，字面上是“孝悌”，背后的深意则是“敬畏”。《孝经》言“生事爱敬，死事哀戚”，有所敬畏，才能自我约束，才能自律自制，才不会恣意妄为，在俗世与诱惑中迷失自己。人类自身的代代繁衍，也使得“报本反始”的意识逐渐萌发。对自我生命来源的崇拜与敬畏，构成了“孝”观念的起源。在生产力低下的远古时代，人类常常陷入对自然灾害的无助和绝望中，只能寄希望于自然神的保佑，这种原始宗教信仰在父系制家庭产生之后，演变为祖先崇拜，伦理意义上的孝德逐渐由祖先崇拜转化为尊祖敬宗、善事父母的人间德行。“奉先思孝”的孝亲观念也在尊祖祭祖的情怀中逐步得到强化。所以贾宝玉在拜见祖母和父母前，首先进祠堂对祖宗进行了礼祭。这是将现在与过去相联结，让现世子孙们时刻谨记，之所以能以“我”这样一个身份出现，是因为祖祖辈辈绵延不绝的恩泽。我们不仅要感激父母等在世的长辈尊者，更要牢记赋予我们这一血脉延续的祖先，是一辈又一辈的祖先修身养性，才有了今天的我们。每一份“自我”，都有着祖先的庇佑与教诲。所以《诗经・大雅》有云：“无念尔祖，聿修厥德。”

言行有孝悌，心中有敬畏，对父母、祖父母和家族先祖都应怀着“敬畏”之心。从修身齐家的角度，是要求为人敬畏“过去”；从治国平天下的角度，是要求为人敬畏天地自然。所以，才有《孝经・孝治章第八》中说的：“夫然，故生则亲安之，祭则鬼享之，是以天下和平，灾害不生，祸乱不作。故明王之以孝治天下也如此。”所以，宝玉过生日，纪念自己出生，首先就要进祠堂拜祖先。

《孝经》说：“夫孝，德之本也。又，天之经也，民之行也。”《左传》又云：“孝，礼之始也。”除了家庭教育，科考时也有对“举孝廉”的考察。考官或考题会考查考生是否具备孝悌之德行。古代认为一个人只有首先做到了“孝”，才有可能成为一名好官，事君辅国才会尽忠职守，否则，便无法获得同事和上级的信任。孝文化在中国的传统社会中有着非常重要的地位，无论是诸侯门阀，还是士庶之家，对孝悌的要求都高度一致。孝悌传家，这种传承连接着个人与家庭、家庭与社会，是一个家庭、家族内部的精神力量，是一个民族、国家兴旺昌盛的至尊法宝之一。

### （四）各安其位，以序安家

家庭中的每一个成员犹如机器中的一个零件，必须充当好各自的角色，才能确保家庭生活的有序运转。《易经》在“家人卦”中强调家庭中的各个成员要各守其位。《左传》记载了这样一个小故事。齐景公问政于孔子，孔子对曰：“‘君君，臣臣，父父，子子。’公曰：‘善哉！信如君不君、臣不臣、父不父、子不子，虽有粟，吾得而食诸？’”这个故事说了这样一件事：当时的齐景公，虽说是齐国第一把手，但下边的大臣势力渐强，再加上他没有嫡子，迟迟不立继承人，几个庶子也蠢蠢欲动，觊觎他的王位，他切身感受到他百年之后儿子们之间必有纷争。所以，有一天，齐景公向孔子请教治国齐家之道，孔子回答：“所谓治国齐家之道，就是国君要像国君，臣子要像臣子，父亲要像父亲，儿子要像儿子。”景公一听，深有感触:“好哇!如果国君不像国君，臣子不像臣子，父亲不像父亲，儿子不像儿子，整个国整个家都乱了，就算有粮食可吃，我又如何吃得了呢?”孔子说的“君君，臣臣，父父，子子”这段话，被西汉思想家董仲舒发扬光大，成为影响后世数千年之久的“三纲五常”，并成为儒家伦理文化的代表。“君君，臣臣，父父，子子”，意思是说君为臣纲，父为子纲。“纲”就是榜样、表率、标杆。君、父、子能做到各安其位、各司其职，那么，便能各得其所。

在一家之中，身为家长，需要有总揽全局的眼光，对伴侣、对孩子和其他的家庭成员，不光念及原始的血缘亲情，还要有足够的信任与尊重;不光要“独善其身”，还要有足够的耐心与细致去教导、培育下一代。身为儿女、晚辈，首要的就是对父母、长辈感恩与尊敬，感恩父母长辈辛勤抚育自己从婴儿慢慢长大成人，感激父母长辈为自己提供了一个安定的、有吃有穿的、温暖的环境。要尊敬父母长辈为了家庭所做的努力，尊敬他们放弃或牺牲自己的时间、精力和爱好来陪伴、教育孩子。父严子孝，母慈子恭，这就是“父父、子子”。

在贾府中，我们可以看到从其最高“领导”贾母到最底层的杂事丫鬟和仆从，都遵循着一套严格的伦理秩序。比如在第六回中，写了刘姥姥从进贾府到见贾府中执掌中馈的凤姐这一过程，分别讲了主人、小妾、仆人各自应当承担的责任和角色。

首先，作为客人不能直接去敲贾府的大门，刘姥姥必须先找到一个可以经常出门办事的下人，请下人带她去进行下一步。如刘姥姥第一次进贾府，首先必须找到周瑞家的，周瑞家的是王夫人的陪房，她的丈夫周瑞“**只管春秋两季地租子，闲时只带着小爷们出门子就完了**”，她正好是“**只管跟太太奶奶们出门的事**”，所以她能自由地出门，能让刘姥姥见到，地位也足够高——因为她是太太的陪房，可以跟贾府里管家的女主人说上话。如果她不是王夫人的陪房，那么即便她能自由进出，也无法在王夫人或王熙凤面前帮刘姥姥说上话；如果她不管跟太太奶奶们对外联络的事，那么她便不能轻易与王熙凤说上话，便遇不上刘姥姥。二者缺了一，刘姥姥跟贾府的关系或许就只能止步于贾府角门边了。但是，周瑞家的并不能直接带刘姥姥进门，她得先去请示。她请示的对象是王熙凤的贴身丫头平儿，平儿同意了，刘姥姥才得以进贾府。这个步骤不能有错，只能层级递进。进来时，给周瑞家的和刘姥姥掀开门帘子的是小丫头，小丫头是专做闲杂事情的下人，与之相对的是鸳鸯、袭人、平儿、紫鹃这一类贴身伺候主人的大丫头。站在门口打门帘的是一拨小丫头，还有专门捧盆伺候饭的婆子和专门通知“摆饭”的婆子。这些丫头仆从各司其职，分工明确，权责清晰，哪一方面出了问题，就找负责哪一方面的仆从。管家仆从各安其位，为贾府这样一个偌大的家族良性运转保驾护航。

在贾府中，作为大家长的贾母是“太上皇”，一切的重大决策由她拍板，相当于一个公司的董事长。贾政、贾赦虽然是家族中的“大老爷”，但他们不参与家中的具体事务，日常家政皆由凤姐处理，凤姐相当于公司里的总经理，其他的家庭成员都承担和充当着一定的角色，都有一个合理分工，并且相互配合。这样，每一个人都正位、到位，且不错位，家庭生活就能有条不紊地运转起来。

## （五）男性养家，女性持家

《易经》第三十七卦为“家人卦”。卦辞告诉我们，一家之中执掌中馈者若“正”，则一家人正，谓“利女贞”，这里的“贞”并非“贞节”，而是正固之道，明于正道，才能守正道。一家之中，妻子为执掌中馈者，应明正道、守正道，这是家庭安定的关键。当妻子成为母亲后，则为家庭的第一导师和“总理”，正如客家女人那样，“家头教尾”“田头地尾”“灶头锅尾”和“针头线尾”。“中馈”一词由《易经》所创，意为管理家中饮食起居等事务，后延伸指妻子掌管所有与家庭相关的事务。《易经》强调男主外、女主内，但这里所说的内外之别仅为分工不同，在此语境下，男女主人地位相当，在家庭内部，丈夫多数时候要听从妻子的统筹安排。《易经》的这种“安排”，有着深刻的历史渊源。

在我国传统家庭结构中，女性执掌中馈、负责家中的大小事务是合乎礼法规范的。这里需要注意的是，此处的“家中”是一个空间范畴。传统建筑一般会修建二进及以上的院落，因此对大家族的大宅院来说，大门以外就是街道、外面，大门与内宅之间还有一道门，称为“二门”，大门至二门之间的院落，是家中男性休憩、仆从下人居住以及外来办事的客人等候的地方。比如，刘姥姥第一次进贾府，周瑞家的就让她先在一处等候，那个等候的地方，就位于大门以内二门以外。二门以内所有的事情，都由女主人操持打理。上至老爷、太太等长辈们的衣食住行、休闲娱乐，下至丫鬟管家们的月例银子，还有小姐姑娘们的日常起居，这些都需要由执掌中馈的女主人统筹安排。相较于原始社会和奴隶社会，封建社会中执掌中馈的女主人承担的职责和事务更多、更复杂，也更劳心劳力。比如第五十五回里，“**刚将年事忙过，凤姐儿便小月（即小产）了**”，家中一下子“失去了”操持管理的女主人，以至于“**王夫人便觉得失了膀臂**”，不得不将荣国府里上上下下的事务交由自己的儿媳妇李纨和女儿贾探春，后来发现还是不放心，于是又加上薛宝钗，王夫人也考虑了林黛玉，只不过林黛玉的身体不大好，所以就罢了。可见这家中的“一把手”不好当，稍有差池便会遭到上下的埋怨，可不是现在人们口中说的轻松享福的“阔太太”。

传统家庭中的女子，从小就由母亲教导理家治家的各种技能，比如贾探春，她虽然是贾政的姨娘生的女儿，却也是贾府的小姐，这样官宦人家的小姐，即便出身不够高贵，将来也是要嫁给别家去当当家主母的，只是男方的门第不会太高，所以，贾探春将来也是要去别人府上理家的。薛宝钗自不用说，本来是为选秀而培养的，各项才能一应俱全，管家理家是最基本的技能。传统家庭中的千金小姐，也并非天天在家里吃喝玩乐，享受生活，她们虽然大体上被要求“大门不出、二门不迈”，但并非被关在笼中的“金丝雀”，并非被养在深闺里，她们需要学习各种理家知识和技巧，不光要会看账本，还要了解家中房子、园舍、资产的大概情况，要了解并懂得管理家中的“现金流”。除此之外，还要懂得家中仆从的等级关系，要学会管理下人，要御下有方。

除了看账理财，迎客往来、喜丧大事也都由女主人一手操办。比如，宁国府掌家贾珍的夫人尤氏，帮助料理贾敬丧事时，规矩步骤有条有理。荣国府在贾代善去世后，兄弟二人分为两房。大房贾赦的女主人是邢夫人；二房贾政的女主人是王夫人。据刘姥姥说，当年王夫人还在王家当二小姐的时候，**“着实爽快，会待人”**，给刘姥姥留下了深刻的印象。可见王夫人出阁前就已经能够独当一面，能够独立接待刘姥姥，并可以做主处理刘姥姥的诉求了。所以她嫁给贾政后也是当仁不让地成为管家女主人，她的内侄女王熙凤过来帮王夫人管着二房的家务事也不过是“近五年”的事情。

作为家中女主人，除了教育子女、照应日常，第一要务就是体恤晚辈。比如王夫人持家时，目光所及不能只至直系亲属，而应涵盖整个族人。比如对贾迎春——大伯的庶出女儿，就不能不顾及大房、二房妯娌之间微妙的关系而给予疼爱，使得后者在第八十回中直言“从小儿没了娘，幸而过婶子这边过了几年心净日子”。对家中女孩们在大观园结诗社，也会在道义和经济上予以支持，与邢夫人的吝啬、势利形成了鲜明的反差。

除了重视对直系亲属和近亲的照顾关爱，女主人还必须重视族人，应对有着家族血脉的亲朋好友多加关照。比如贾府族人贾瑞病危时，“贾代儒各处请医疗治，皆不见效，因后来吃‘独参汤’，代儒如何有这力量，只得往荣府来寻”。最后求到了王夫人这里，王夫人听后很焦急，急命凤姐称二两人参立刻给贾代儒，当凤姐说没有时，王夫人就命她想办法一定要筹集到：“就是咱们这边没了，你打发个人往你婆婆那边问问，或是你珍大哥那府里再寻些来，凑着给人家。吃好了，救人一命，也是你的好处。”

一般来说，在传统家庭中，地位和辈分最高的人也是年纪最长的。比如在贾府中，每有大事，最终必经贾母方能决断。贾母是贾府里的第二代当家主母，她是怎么治家齐家的？《红楼梦》中既讲了她的主见、决断，也讲了她的放纵、放任。《红楼梦》第七十三回《痴丫头误拾绣春囊　懦小姐不问累金凤》里，贾母四两拨千斤，三言两语就将事情办得妥妥帖帖，滴水不漏，昔日治家之风采，一览无余。在这一章里，说宝玉温书，**“固不得歇”**，还带累得**“一房丫头们皆不能睡”**。芳官在外伺候，忽然就一惊一乍地说**“一个人从墙上跳下来了”**。晴雯见宝玉温书辛苦，就灵机一动，借口宝玉吓着了不能背书了。此事传到王夫人耳中，王夫人想：三更半夜地有人跳墙进入大观园，定是小偷盗贼，没准更糟糕，要知道大观园里不光有自己的宝贝儿子，更有众多女眷，这还了得，必须彻查。这样一来，贾母也知道了。见过风浪的贾母，便认为这人不是赌徒就是其他亡命之徒，吃喝嫖赌，毁家败家，**“命即刻查了头家赌家来”**。其实这事与赌徒没有关系，贾母只想借机整顿一番。

大户人家参与赌博的并不罕见。贾府里众所周知的就有三个头儿，一是林之孝的两姨亲家，一是小厨房柳家媳妇之妹，一是迎春的奶娘。贾母怎么治理的呢？第一步，烧毁骰子牌，先给个下马威。第二步，所有钱入官分散与众人。以后谁要是抓到了赌博的人，就能得赏钱，如此一来，就没人放风把守了。第三步，严惩。为首者每人四十大板，并撵出府，不许再入；从者每人二十大板，扣除三个月的工资，还要去扫厕所。第四步，不讲情面。就算是迎春的奶娘也未能幸免，正好杀鸡儆猴。该惩罚的惩罚了，该问责的问责了，没有遗漏，没有不公，短短十几分钟，贾母的理家才能尽显。

从贾母到王夫人再到王熙凤和贾探春，形成了一套自上而下的女性掌家的体系。地位最高的贾母不但自己是持家能手，而且积极支持孙媳凤姐、孙女探春持家，贾府“脂粉英雄队”的形成，从直接上看是贾母培养和支持的结果，从广义上看则是我国传统文化的集中体现。

宋代理学家朱熹十分强调女性管理家务的重要性和重要意义，朱熹一生为十几位女性撰写了墓志铭，几乎每一篇都颂扬了墓主的持家能力。根据传统，年轻女性嫁入夫家，最重要的职责就是相夫教子、侍奉公婆和参加祖宗祭祀，既包括侍奉生者，也包括供奉死去的祖先。随着年龄的增长，婆婆年老或去世之后，媳妇渐渐变成家庭事务的管理者，支配和管理家庭财产不仅是媳妇的权利，更是媳妇的义务。除了管理家庭事务，女主人还要相夫以义、训子以学、事姑叔以孝等，或“日自课以书，使（其子）自调四声作诗赋”，或“亲以教子。子男女娶嫁，必问贤否”。或与丈夫共同训导子女，“使学不得怠弛”，或以丈夫为例，提醒儿子“乃父方正有法则，为世所知。”“汝曹若不效之，外人将以为类我，是彰我不德也”。她们必须勤俭持家，要“以礼防持，动适中节”，以此方式治理其家。家境不那么好的，比如《红楼梦》第三十二回里，薛宝钗向袭人说起史家因为家道中落，为了俭省费用，一应针线上的活儿，都交由史家女眷亲自完成，所谓“昼阅农事，夜治女工”。

《红楼梦》虽是一部古代小说，但书中对女性才能的尊重与欣赏却超越了时空局限。纵观我国历史，无论是《易经》中对中馈的重视还是朱熹对中馈的颂扬，都是对女性在掌管家务琐事的过程中，体现出的个人价值与劳动价值的肯定与认可。小说通过描述女性在家庭生活中的重要性，承认女性的劳动贡献，不仅是对女性的尊重，更对当今社会的稳定与发展有着深刻的现实意义。在今天，我们的许多家庭仍然沿袭着男主外、女主内的分工模式，男人负责挣钱养家，女人负责花钱齐家，这是相对合理的分工协作。女性所从事的家政是一种不可缺少的有价值的劳动，理所应当给予肯定和尊重。

### （六）训导子女，家训齐家

家训是中国家文化的重要组成部分，其在漫长历史长河的演变发展中，逐步从一家一族的训示，发展成为社会上下普遍认同的教子、治家之良方，并进一步细化为家规、家范、家礼、家仪、家法、家学等内容。其中，家规、家范侧重于对家庭、家族成员的约束；家礼、家仪主要是需要代代遵守的礼节和仪式；家法和家学则偏重于文化传承，所有这些都是家训所要传达的内容。

家训在我国传统文化中，根据不同的时代背景呈现出不同的特征。先秦时期的家训，多以训诫为主。比如，鲁国人敬姜教诫其子公父文伯不能坐享其成、好逸恶劳；田稷母教子修身洁行、忠信不欺、廉洁公正；孔子教导孔鲤要学诗学礼；孟母断机教子不能半途而废；等等。这一时期的家训主要是口耳相传，并未付之文字，张挂于墙上。

到了秦汉时期，中国的家训发展出像家约、家教、家规这样的概念，并且随着文字、计量单位等的统一，家训开始以文字形式传承。比如汉朝开国皇帝刘邦，就有《手敕太子文》五则，大家看“手敕”这个词，跟以前的口说不一样，它是以书信的形式呈现的。两汉时期，这种家训非常多，孔臧的《与子琳书》、刘向的《戒子歆书》、马援的《诫兄子严、敦书》、张奂的《诫兄子书》、郑玄的《戒子益恩书》等，便是其中的代表。这些都是文献形式的家训。

家训主要是指一家之内父母对子女的训导，延伸为家族内部父祖辈对子孙辈自上而下的训导，甚至包括家庭或家族内部尊卑长幼之间以及同辈之间的相互训勉。家训的表现形式可以是家法族规，也可以是乡规民约，或是为人处世的训导、训示和教诫。纵观中华文明的演进历史，可以清楚地看到，我国的传统家训，随着家庭的产生而出现，在家庭德育实践中逐步成熟和完善。随着以儒家思想为核心的中华文化社会化而普及至民间大众，最终发展成中华传统文化的重要方面和普通百姓的家庭生活规范。

《红楼梦》虽然没有直接罗列贾府的家训，但其家训具体体现在了他们的日常生活和教育上。首先，以《红楼梦》中子女的开蒙时间为例，能看出当时非常重视早期启蒙教育。第十七回至十八回中写道，贾府中贾宝玉“未入学堂之先，三四岁时，已得贾妃（元春）手引口传，教授了几本书、数千字在腹内了”。林府的大小姐林黛玉“年方五岁。夫妻无子，故爱如珍宝，且又见他聪明清秀，便也欲使他读书识得几个字，不过假充养子之意，聊解膝下荒凉之叹”。宝玉和黛玉的开蒙时间都在三至五岁。

其次，强调知书达礼，尊敬长辈。第五十二回中写：宝玉在马上笑道：“周哥，钱哥，咱们打这角门走罢，省得到了老爷的书房门口又下来。”周瑞侧身笑道：“老爷不在家，书房天天锁着的，爷可以不用下来罢了。”宝玉笑道：“虽锁着，也要下来的。”钱启李贵等都笑道：“爷说的是。便托懒不下来，倘或遇见赖大爷林二爷，虽不好说爷，也劝两句。有的不是，都派在我们身上，又说我们不教爷礼了。”是说有一次宝玉想出门，要求跟随的人绕开贾政的书房，要不就算父亲不在家，但经过他的书房时，也要下马行礼。这就是“子子”，儿子有儿子的样子。到了长辈房前，就算长辈不在家，也不能随便糊弄；至于到长辈前面晨昏定省，更不能缺。

第二十四回里，书中又写：见了贾赦，不过是偶感些风寒，先述了贾母问的话，然后自己请了安。贾赦先站起来回了贾母话，次后便唤人来：“带哥儿去太太屋里坐着。”宝玉退出，来至后面，进入上房。邢夫人见了他来，先倒站了起来，请过贾母安，宝玉方请安。这里有意地细写了请安、行礼的层次。居家要按辈分请安、问好，宝玉是代替贾母看望贾赦的，虽然母亲（指贾母）不在，但是礼数不能缺，所以贾赦先站起来对着宝玉回了贾母的话，然后才轮到宝玉作为贾赦的晚辈，向贾赦请安。到了邢夫人屋里，邢夫人也是先站起来对着宝玉问贾母好，然后宝玉才以晚辈的身份向邢夫人问好。庚辰本对这一段写了好几行批注：“一丝不乱”“好规矩”“好层次，好礼法，谁家故事。”

第三，规定了具体的行为规范。第三回写：林黛玉远道而来，进了贾府后，走了一射之地后，抬轿子的换了一批，换成几个衣帽周全的年轻小伙子，再抬到垂花门，也就是前文提到的二门，二门以内就是女眷居住的地方了，所以年轻小伙子退下，换了婆子们来迎接。小伙子不能跟着进二门，婆子也不能随意出二门，这就是家规。黛玉进了府，拜见了长辈和姐妹，然后来到舅母王夫人的房间，“王夫人却坐在西边下首，亦是半旧的青缎靠背坐褥。见黛玉来了，便往东让。黛玉心中料定这是贾政之位。因见挨炕一溜三张椅子上，也搭着半旧的弹墨椅袱，黛玉便向椅上坐了。王夫人再四携他上炕，他方挨王夫人坐了”。王夫人坐在西边下首，东边空着位，以东为贵，黛玉是远道而来的贵客，所以王夫人往东让，但黛玉是晚辈，她不能顺着王夫人的“让”坐到贾政的位置上去，所以她选择坐到炕边的椅子上。接下来又讲贾府里给黛玉接风吃饭，贾母地位最高，所以居中坐着，两边却有四张空椅子，王熙凤怕黛玉不知如何落座，连忙拉着黛玉坐在贾母左边的第一张椅子上，左为敬，黛玉是晚辈，所以她万般推辞，但贾母说了原因，因为黛玉的舅母王夫人和嫂子们等不在这里吃饭，黛玉又是客人，所以才可以这样坐。这样的座次分明还出现在第五十五回，凤姐小月后，与平儿说起探春代理持家的事情，要平儿“过来坐下，横竖没人来，咱们一处吃饭是正经”。说着，丰儿等三四个小丫头子进来放小炕桌。凤姐只吃燕窝粥，两碟子精致小菜，每日分例菜已暂减去。丰儿便将平儿的四样分例菜端至桌上，与平儿盛了饭来。平儿屈一膝于炕沿之上，半身犹立于炕下，陪着凤姐儿吃了饭，伏侍漱盥。不管主人怎么“不讲礼数”，不管平时主仆二人如何亲密，作为陪房丫头的平儿都知礼懂礼不逾矩，“屈一膝于炕沿之上，半身犹立于炕下”，既没有拂了主子的好意，也没有失了自己的规矩。

在《红楼梦》问世前后，社会经济快速发展，人口激增，家训族规的发展也进入最为鼎盛的阶段，清朝大家族的家训将维护家族人伦秩序、形成良好的家庭关系作为主要任务和价值取向，教育后世子孙应在人际交往中力争做到和谐相处，使自身能够在群体中保持良好、和谐的人伦关系。与之相应的，父子、兄弟、夫妇等在家庭中都有各自的角色及与之相应的权利与义务，要求子女在家族生活中必须严守礼法秩序，诸如孝顺父母之礼、言谈举止之礼、侍疾之礼，等等。这样他们才能自觉安于各自所处的等级地位，有效地减少家庭矛盾和冲突，以促进家庭和睦。

家训是方，家风是道。子夏言：“贤贤易色，事父母，能竭其力；事君，能致其身；与朋友交，言而有信。虽曰未学，吾必谓之学矣。”（《论语·学而》）看重实际的德行，轻视表面的姿态是夫妻相处之道；竭其全力是事亲之道；奋不顾身是事君之道；言而有信是交友之道。人类一切道德实践活动无不是在行道、履道。贾府的家教是非常严格的，这或许与曹雪芹的出身有关。曹雪芹所在的时代，如魏元旷《蕉盦随笔》言：

“旗人家庭之礼最严，老幼皆无敢少失，其周旋应对，莫不从容中节，盖自幼习之。入关以来二百余年，未尝改易。”又如清末震钧《天咫偶闻》云：“八旗旧家，礼法最重，余少时见长上之所待子弟，与子弟之所以事长上，无不各尽其诚。朝夕问安诸长上之室，皆侍立，命之坐，不敢坐，所命耸听，不敢怠，不命之退，不敢退。路遇长上，拱立于旁，俟过而后行。宾至，执役者，皆子弟也。其敬师也亦然。”家训与家规传承的是价值观念，是文化修养，是精神信仰，是一个家庭、社会乃至国家确立价值观念和精神信仰的主要方式。

## 二、决定贾府衰落中家风的“坏”元素

清末名臣曾国藩总结了“家族兴衰周期律”，他在写给弟弟们的家书中说：“吾细思凡天下官宦之家，多只一代享用便尽。其子孙始而骄佚，继而流荡，终而沟壑，能庆延一二代者鲜矣。商贾之家，勤俭者能延三四代；耕读之家，谨朴者能延五六代；孝友之家，则可以绵延十代八代。我今赖祖宗之积累，少年早达，深恐其以一身享用殆尽，故教诸弟及儿辈，但愿其为耕读孝友之家，不愿其为仕宦之家。”

在这封家书中，他从士、农、工、商入手，以家风的好坏为主线，详细论述了这四大群体背后所代表的家族兴衰规

律，认为凡是天下官宦人家，大多数仅仅一代便享用殆尽，子孙们开始骄横懒散，继而游手好闲，吃喝嫖赌，最终死于沟壑，能够有幸延续好家声一二代的非常少见。至于商贾巨富之家，勤俭持家的能延续三四代；耕读之家，谨慎朴实的能延续五六代；孝敬长辈、友善和睦的人家，则能延续十代八代。所以，曾国藩希望后世子孙能立志成为耕读、孝友、与人为善之家，而非仕宦之家。否则，便算不得祖父辈贤能孝义的子孙、振兴家声的功臣。曾国藩还对弟弟们袒露心迹，觉得虽然自己升官得志，但远远谈不上是孝子贤孙，更不能算是贤德孝义。所以，曾国藩时刻做着弃官回乡，以劳作为生的准备，这样才可对得起祖父兄弟，也可对得起宗族乡亲。

曾国藩的观点在贾府得到了印证。小说第二回借古董商人冷子兴的口说，贾府的第一代贾氏兄弟浴血奋战、九死一生，才从无人问津而后跃升为宁国公、荣国公，配享太庙，为后世子孙博得浩荡的皇恩。宁国公的第二代贾代化袭了官，养了两个儿子，“长名贾敷，至八九岁上便死了，只剩了次子贾敬袭了官，如今一味好道，只爱烧丹炼汞，馀者一概不在心上。幸而早年留下一子，名唤贾珍，因他父亲一心想作神仙，把官倒让他袭了。他父亲又不肯回原籍来，只在都中城外和道士们胡羼。这位珍爷倒生了一个儿子，今年才十六岁，名叫贾蓉。如今敬老爹一概不管。这珍爷那里肯读书，只一味高乐不了，把宁国府竟翻了过来，也没有人敢来管他。”荣国公的第二代贾代善也袭了官，“娶的也是金陵世勋史侯家的小姐为妻，生了两个儿子：长子贾赦，次子贾政。如今代善早已去世，太夫人尚在。长子贾赦袭着官；次子贾政，自幼酷喜读书，祖、父最疼，原欲以科甲出身的，不料代善临终时遗本一上，皇上因恤先臣，即时令长子袭官外，问还有几子，立刻引见，遂额外赐了这政老爹一个主事之衔，令其入部习学，如今现已升了员外郎了。”从冷子兴的“演说”中可以看出，从功勋赫赫的荣、宁两位国公创下家业到第四代贾琏，均世袭官职，可算是非常典型的官宦之家。然而，从贾代化和贾代善死后，贾府就已经显露颓势。

《红楼梦》第二回《冷子兴演说荣国府》一章中，曹雪芹借着冷子兴的口说出贾府这个大家族的现状：“如今生齿日繁，事务日盛，主仆上下，安富尊荣者尽多，运筹谋画者无一。其日用排场费用，又不能将就省俭，如今外面的架子虽未甚倒，内囊却也尽上来了。这还是小事，更有一件大事：谁知这样钟鸣鼎食之家，翰墨诗书之族，如今的儿孙，竟一代不如一代了！”不光家中有“一味好道，只爱烧丹炼汞，馀者一概不在心上”的爷爷、父亲，有“那里肯读书，只一味高乐不了，把宁国府竟翻了过来，也没有人敢来管他”的儿子、孙子，就连家中位高权重的“老祖宗”贾母，对晚辈也多“溺爱不明”，又说没有开源节流，入不敷出，走向了衰落。终于，“飞鸟各投林”的四大家族走向了衰败、没落，正如第五回第十四支曲写的：

为官的，家业凋零；富贵的，金银散尽。
有恩的，死里逃生；无情的，分明报应。
欠命的，命已还；欠泪的，泪已尽。
冤冤相报实非轻，分离聚合皆前定。
欲知命短问前生，老来富贵也真侥幸。
看破的，遁入空门；痴迷的，枉送了性命。
好一似食尽鸟投林，落了片白茫茫大地真干净！

贾府这个大家族早期的家风有好的因素，后期坏的因素居多，正是这些坏的家风使家族逐步走向衰落。下面，对此衰落的征兆和根源做一分析。

### （一）名门望族由盛向衰的征兆

一个望族由盛向衰，会经历一个渐变的发展过程，其实是有征兆的。

第一个征兆：收入枯竭，家族陷入财政危机。

经济基础是一个家庭赖以生存和运行的基础。俗话说，

“贫贱夫妻百事哀”。没有最基本的物质条件，家庭生活将难以延续下去。为此，《红楼梦》中贾府的危机首先是生活中入不敷出，开始“缺钱”。

在第二回的故事情节中，“**如今生齿日繁，事务日盛**”的贾府就已经处于“**百足之虫，死而不僵**”的衰败期了，“**内囊却也尽上来了**”，表明贾府实际上已经陷入财务危机，至少它的现金流已近乎枯竭。

一般来说，传统家庭的收入来源主要有两个方面：一是官家的俸禄（包括受赏赐的物品）；二是自有土地的田庄收入。

先看贾府的官家俸禄。荣、宁两位国公去世后，其子孙都袭了官，有爵位、有官职就有俸禄。具体到人头，贾家当时拿俸禄的人有 9 位。贾母是世袭荣国公诰命夫人，超品；贾赦是世袭一等爵，正一品将军，一品；贾赦的妻子邢夫人是一品诰命夫人，一品；贾政是五品工部员外郎，从五品；贾政的妻子王夫人是五品诰命宜人，五品；贾珍是世袭三等爵，正三品威烈将军，三品；贾珍的妻子尤氏是三品诰命淑人，三品；贾蓉是捐的五品龙禁尉，五品；贾蓉的继室许氏是五品宜人，五品。在这几个人中，俸禄最高的是贾赦，清代一等镇国将军，岁俸银 410 两，禄米 410 斛（石），折 24600 公斤米。第二位是贾珍，三等奉国将军，岁俸银 160 两，禄米 160 斛（石），折 9600 公斤米。贾政是工部员外郎，从五品，军俸禄 60 两，禄米 60 斛，折 3600 公斤米。贾母等各诰命夫人根据等级有对应的俸禄，个别的甚至有食邑，只是并没有实权。贾赦和贾珍的为官情况书中没有明示，但是贾政做官在经济上常常是倒贴，以至于下人都不愿为他服务。第一百零三回中写：王夫人道："自从你二叔放了外任，并没有一个钱拿回来，把家里的倒掏摸了好些去了。你瞧那些跟老爷去的人，他男人在外头不多几时，那些小老婆子们便金头银面的妆扮起来了，可不是在外头瞒着老爷弄钱？"

贾府因为贾元春"才选凤藻宫"后，可以得到一些"上赐"，但不多。第二十八回中，元春打发夏太监出来送了一百二十两银子，叫在清虚观初一到初三打三天平安醮，唱戏献供。赐给家里亲人的也不过是香如意、玛瑙枕、宫扇、红麝香珠、凤尾罗、芙蓉簟、纱、罗、香袋儿、锭子药等华而不实的首饰，并没有给贾府带来实实在在的财富。

第五十三回中写：乌进孝笑道："那府里如今虽添了事，有去有来，娘娘和万岁爷岂不赏的！"贾珍听了，笑向贾蓉等道："你们听，他这话可笑不可笑？"贾蓉等忙笑道："你们山坳海沿子上的人，那里知道这道理。娘娘难道把皇上的库给了我们不成！他心里纵有这心，他也不能作主。岂有不赏之理，按时到节不过是些彩缎古董顽意儿。纵赏银子，也不过一百两金子，才值了一千两银子，够一年的什么？这二年那一年不多赔出几千银子来！头一年省亲连盖花园子，你算算那一注共花了多少，就知道了。再两年再一回省亲，只怕就精穷了。”贾珍笑道：“所以他们庄家老实人，外明不知里暗的事。黄柏木作磬槌子——外头体面里头苦。”

再看田庄收入。宁、荣两位国公爷创下的家业，不仅为后世子孙带来了世袭的爵位，还拥有了封地或圈地的权力。第五十三回里写贾府要准备过年了，这时候来了一位名叫乌进孝的庄头。庄头就是专门为贵族地主经营田庄的代理人，专管监督佃户生产、催收地租、摊派劳役等差事。乌进孝就是贾府的田庄代理人。乌庄头年末到贾珍那汇报工作，按照贾珍的说法，正常一年应该有五千两银子进账，宁国府有八九处这样的田庄，正常情况下一年的收益至少有四万两银子，当乌庄头将这一年的收成列成单子递给族长贾珍时，贾珍道：“我说呢，怎么今儿才来。我才看那单子上，今年你这老货又来打擂台来了。”乌进孝忙进前了两步，回道：“回爷说，今年年成实在不好。从三月下雨起，接接连连直到八月，竟没有一连晴过五日。九月里一场碗大的雹子，方近一千三百里地，连人带房并牲口粮食，打伤了上千上万的，所以才这样。小的并不敢说谎。”贾珍皱眉道：“我算定了你至少也有五千两银子来，这够作什么的！如今你们一共只剩了八九个庄子，今年倒有两处报了旱涝，你又打擂台，真真是又教别过年了。”乌进孝道：“爷的这地方还算好呢！我兄弟离我那里只一百多里，谁知竟又大差了。他现管着那府里八处庄地，比爷这边多着几倍，今年也只这些东西，不过多二三千两银子，也是有饥荒打呢。”贾珍道：“正是呢，我这边都可，已没有什么外项大事，不过是一年的费用。我受用些，就费些；我受些委屈就省些。再者年例送人请人，我把脸皮厚些，可省些也就完了。比不得那府里，这几年添了许多花钱的事，一定不可免是要花的，却又不添些银子产业。这一二年倒赔了许多，不和你们要，找谁去！”看起来，田庄上的收成日益下滑。贾赦的爵位官衔高于贾珍，因此推算出荣国府的田庄要比宁国府多出一倍左右，收益也更多。然而荣国府因为元春被选为妃子，不仅没有实质性的财产进账，反而因为元春一次省亲，几乎耗尽了积蓄。此外，还要额外打点宫里来的公公等“一定不可免是要花的”地方。

第七十二回里写道，“夏太府打发了一个小内监来说话。”贾琏听了，忙皱眉道：“又是什么话，一年他们也搬够了。”凤姐道：“你藏起来，等我见他，若是小事罢了，若是大事，我自有话回他。”贾琏便躲入内套间去。这里凤姐命人带进小太监来，让他椅子上坐了吃茶，因问何事。那小太监便说：“夏爷爷因今儿偶见一所房子，如今竟短二百两银子，打发我来问舅奶奶家里，有现成的银子暂借一二百，过一两日就送过来。”凤姐儿听了，笑道：“什么是送过来，有的是银子，只管先兑了去。改日等我们短了，再借去也是一样。”小太监道：“夏爷爷还说了，上两回还有一千二百两银子没送来，等今年年底下，自然一齐都送过来。”凤姐笑道：“你夏爷爷好小气，这也值得提在心上，我说一句话，不怕他多心，若都这样记清了还我们，不知还了多少了。只怕没有；若有，只管拿去。”因叫旺儿媳妇来，“出去不管那里先支二百两来。”旺儿媳妇会意，因笑道：“我才因别处支不动，才来和奶奶支的。”凤姐道：“你们只会里头来要钱，叫你们外头弄去就不能了。”说着叫平儿，“把我那两个金项圈拿出去，暂且押四百两银子。”平儿答应了，去半日，果然拿了一个锦盒子来，里面两个锦袱包着。打开时，一个金累丝攒珠的，那珍珠都有莲子大小；一个点翠嵌宝石的。两个都与宫中之物不离上下。一时拿去，果然拿了四百两银子来。凤姐命与小太监打叠起一半，那一半命人与了旺儿媳妇，命他拿去办八月中秋的节。那小太监便告辞了，凤姐命人替他拿着银子，送出大门去了。这里贾琏出来笑道：“这一起外祟何日是了！”凤姐笑道：“刚说着，就来了一股子。”贾琏道：“昨儿周太监来，张口一千两。我略应慢了些，他就不自在。将来得罪人之处不少。这会子再发个三二百万的财就好了。”宫里的太监动辄来“借”千两银子，没打算还，也知道贾府清楚自己不会还。太监们来得太勤，以至于凤姐要变卖自己的金项圈才够打点。贾元春“才选凤藻宫”给贾府带来的只是政治上的荣耀，更多的是为宫里的公公们又新添了一个抽取钱财的路子。到后来，凤姐甚至需要偷偷挪用贾母的体己私藏。第七十二回写：（鸳鸯）一面说，一面就起身要去。贾琏忙也立身说道：“好姐姐，再坐一坐，兄弟还有事相求。”说着便骂小丫头：“怎么不沏好茶来！快拿干净盖碗，把昨儿进上的新茶沏一碗来。”说着向鸳鸯道：“这两日因老太太的千秋，所有的几千两银子都使了。几处房租地租通在九月才得，这会子竟接不上。明儿又要送南安府里的礼，又要预备娘娘的重阳节礼，还有几家红白大礼，至少还得三二千两银子用，一时难去支借。俗语说，‘求人不如求己’。说不得，姐姐担个不是，暂且把老太太查不着的金银家伙偷着运出一箱子来，暂押千数两银子支腾过去。不上半年的光景，银子来了，我就赎了交还，断不能叫姐姐落不是。”所以，整个荣国府的经济状况着实不佳。

第二个征兆：人浮于事，面子大过天。

经济状况再不济也没有改变贾府内人员冗沉的现状。著名红学家王昆仑这样描绘贾府的情景：贾政老爷坐在书房里喊一声“来人啊！”若没有几个管家大爷或小厮们一齐答应一声“咋”，那还成什么体统？王熙凤走到哪里不是一大群丫鬟、婆子、媳妇簇拥着？贾母身边也有七八个丫鬟，一听说贾赦要讨她贴身丫鬟鸳鸯去做妾，就大发雷霆。侍候宝玉的人也不少，宝玉偶然亲手倒一杯茶，小红就赶快跑过来说怕他烫了手。在贾府，若没有那些里里外外、上上下下、若干部门、若干层次的奴仆劳动着、奔走着、铺排着、保卫着，若没有林之孝家的每天带着许多人打着灯笼查夜，各处下房里没有婆子们坐更，角门上没有小厮们看守，这些老爷、太太、少爷、奶奶、哥儿、姑娘们，不是早就饿死在高堂大屋之下，也要吓得白天不敢出门，夜里不敢睡觉。荣国府有着大量并非不可或缺的仆从下人，光是宝玉屋里就有大小丫头十六人，小厮至少四人。黛玉进荣国府后，“**亦如迎春等例：每人除自幼乳母外，另有四个教引嬷嬷，除贴身掌管钗训盥沐两个丫鬟外，另有四五个洒扫房屋来往使役的小丫鬟**”。这样荣国府“**合算起来，从上至下也有三百余口**”。大丫头们不但有月钱，还有相对于普通百姓而言价值不菲的衣着服饰。比如第七十八回中，宝玉的大丫头晴雯去世后，“**剩的衣履簪环，约有三四百金之数**”，丫头们尚且如此，太太奶奶的头面衣服要是折变了都够过一辈子的。

贾府这样人浮于事、入不敷出的状况连下人都看出来了。第七十二回里，贾府的旧仆林之孝就建议贾琏：“**人口太重了，不如拣个空日回明老太太老爷，把这些出过力的老家人用不着的，开恩放几家出去……再者里头的姑娘也太多。……如今说不得先时的例了，少不得大家委屈些，该使八个的使六个，该使四个的便使两个。若各房算起来，一年也可以省得许多月**

米月钱。”这样的道理，连下人都明白，当家的王熙凤何尝不知呢。第五十五回里，王熙凤说：“家里出去的多，进来的少。凡百大小事仍是照着老祖宗手里的规矩，却一年进的产业又不及先时。多省俭了，外人又笑话，老太太、太太也受委屈。家下人也抱怨刻薄。”在第七十四回里，当她典当了自己的金项圈以打点宫里的太监后，终于向王夫人建议，想把姑娘们的丫鬟裁撤一些以节省开支，却被王夫人拦住了：“你说的何尝不是，但从公细想来，你这几个姊妹也甚可怜了。也不用远比，只说如今你林妹妹的母亲，未出阁时，是何等的娇生惯养，是何等的金尊玉贵，那才像个千金小姐的体统。如今这几个姊妹，不过比人家的丫头略强些罢了。”所以，就算贾府已经到了需要典当的境地，为了维持贾府的尊严和体面，小姐们的丫鬟还是不能少，所有的下人都不能少。所以不用抄家，仅财务危机就可以导致贾府的败落。

第三个征兆：后继无人，子孙难当大任。

古代家庭的继承人是儿子，但贾府的男人大多是无德无才的人。贾敬一心迷恋道术，整天炼丹，结果一命归西。贾赦不务正业，吃喝嫖赌，尽情享乐。贾珍则整天干的是偷鸡摸狗的勾当。

贾政算是贾府中比较正派的人，小说写他“自幼酷喜读书，祖父最疼，原欲以科甲出身的”“为人谦恭厚道，大有祖父遗风，非膏粱轻薄仕宦之流”。但资质平庸，谨小慎微，虽无过错却也未有功劳，是一个非常典型的封建官僚形象：刻板生硬，庸碌平凡，爱惜官声。

首先，贾政是一个不学无术之人。大观园建成时，众清客要贾政题额，贾政坦承：“我自幼于花鸟山水题咏上就平平，如今上了年纪，且案牍劳烦，于这怡情悦性文章上更生疏了，纵拟了出来，不免迂腐古板，反不能使花柳园亭生色，似不妥协，反没意思。”看来，贾政还算有自知之明，确实没有什么过人的才华。

其次，贾政是一个不理家事的人。小说第四回说贾政：“一则族大人多，照管不到这些；二则现任族长乃是贾珍，彼乃宁府长孙，又现袭职，凡族中事，自有他掌管；三则公私冗杂，且素性潇洒，不以俗务为要，每公暇之时，不过看书着棋而已，馀事多不介意。”虽然我国传统家庭讲求“男主外、女主内”，男子或不知具体财务相关的事项，但对匡正家风、严格治家仍需格外操心。古人说“修身、齐家、治国、平天下”，对士大夫而言，修身之后是齐家，甚至可以说，修身的目的是更好地齐家。然而在贾政身上，却只看到了修身之举，齐家之道全无踪迹，更毋论治国与平天下之壮志。见到贾府子弟种种不堪，贾政因为自己不是族长，所以并不规劝；王夫人本是请王熙凤来帮着理家的，却一应大小事听凭贾琏凤姐夫妇处理，全然不管；为官不懂约束下属，下属打着他的旗号为所欲为却浑然不觉……他似乎是一个颇具儒家风范的道德君子，但这具仁孝忠义的躯壳下，本质上是一个碌碌无为的人。

再次，贾政是一个无能的人。他赴学台的任上，治下无方，任由手下摆布，政务搞得一塌糊涂。

贾府中的第四代也没有一个成才的，只有贾兰后来取得了功名。

第四个征兆：管理无方，难以为继。

贾府的内部管理，仅靠王熙凤一个人苦苦支撑。第十三回中，王熙凤协理宁国府料理秦可卿丧事大约就是凤姐理家的巅峰之作，从那以后，无论是治理贾府还是凤姐自身，都每况愈下。在那一回中，秦可卿托梦给凤姐：否极泰来，荣辱自古周而复始，岂人力能可保常的。但如今能于荣时筹画下将来衰时的世业，亦可谓常保永全了。即如今日诸事都妥，只有两件未妥，若把此事如此一行，则后日可保永全了……目今祖茔虽四时祭祀，只是无一定的钱粮；第二，家塾虽立，无一定的供给。依我想来，如今盛时固不缺祭祀供给，但将来败落之时，此二项有何出处？莫若依我定见，趁今日富贵，将祖茔附近多置田庄房舍地亩，以备祭祀供给之费皆出自此处，将家塾亦设于此。合同族中长幼，大家定了则例，日后按房掌管这一年的地亩、钱粮、祭祀、供给之事。如此周流，又无争竞，亦不有典卖诸弊。便是有了罪，凡物可入官，这祭祀产业连官也不入的。便败落下来，子孙回家读书务农，也有个退步，祭祀又可永继。若目今以为荣华不绝，不思后日，终非长策。眼见不日又有一件非常喜事，真是烈火烹油、鲜花着锦之盛。要知道，也不过是瞬息的繁华，一时的欢乐，万不可忘了那“盛筵必散”的俗语。此时若不早为后虑，临期只恐后悔无益了。

秦可卿将贾府目前空有“烈火烹油、鲜花着锦”的外壳，内在却早已空洞无物的现状道得清楚明白。现今的贾府，最重要的祖宗祭祀钱粮供给无稳定来源；教育子弟的家中私塾仅是做做样子，无人重视；手有余钱却不懂正当投资渠道，总在歪门邪道上用心思，如果能在府邸周围置办一些田产，将私塾也建在那里，田产的收益专门用于周转私塾和祭祀，当作祭祀和公益产业。这部分产业即便将来官场不顺或获了罪，官家也不会将之没收，那样，家中子弟还能边耕边读，家族便还有东山再起的希望。字字句句，铿锵在理。若是王熙凤能从那时起便一一落实秦可卿的建议，也许贾府便不会落得在抄家之后一败涂地的境地。然而，王熙凤只当那是梦话，并不以为意。她能很好地管理下人，操持家务杂事，但缺乏长远的战略目光，她能想到的开源方式就是弄权铁槛寺包揽词讼，或是拿着丫头们的月钱放利。所以到了第七十二回的时候，凤姐不得不把主意打到贾母身上，要贾琏求鸳鸯将“老太太查不着的金银家伙偷

**着运出一箱子来，暂押千数两银子支腾过去**"；老太太过生日，拿不出钱来筹备，两个月的时间，王夫人都没有想出办法来，最后变卖了些许家产，换来三百两银子，这才勉强凑合；刚变卖家产，宫里的太监来"借"钱，凤姐不得不典当自己的金项圈，这才腾出四百两银子，这四百两还不能都拿去打发宫里的太监，需得留下一半应付八月的中秋节事宜；先前"**一个金自鸣钟卖了五百六十两银子。没有半个月，大事小事倒有十来件，白填在里头**"。偌大一个贾府，一个有着八九处田庄，每年能获利四万两银子左右的贾府，却连几百两银子的流动资金都没有，已经要靠变卖家产和典当首饰应付大小事宜了。在这种状况下，凤姐两口子，"**一月的月钱，再连上四个丫头的月钱，通共一二十两银子，还不够三五天的使用**"，丫头下人数量必须维持虚年；大小节日必须按原有的规格操办。纵使太太奶奶的头面变卖了的钱财足够用一辈子了，也无人肯这样。王熙凤一病，王夫人顿时觉得失去了臂膀，马上请来家中未出阁的姑娘探春和儿媳李纨来帮忙代理，然而一个年轻涉世未深，一个寡居木讷少言，后面来的薛宝钗更是打定主意"不干己事不开口"，虽有探春大刀阔斧实施改革，但因为手中并无实权，并未能对贾府的内政动"大手术"，也无力挽救衰败的趋势。

## 三、名门望族走向衰落的根源

贾家作为一个绵延了百年的簪缨世家，是名副其实的贵族家庭。但由于坏的家风，埋下家道衰落的种子，其主要原因有如下几个方面。

### （一）长辈品德堕落，行为失范

长辈是孩子学习、模仿的对象，有什么样的家长就会培养出什么样的孩子。家长是孩子的第一任老师和最亲近的榜样，家长的一言一行对孩子的影响是巨大的。

首先，贾府中的长辈骄奢淫逸。“父父子子”“父慈子孝”的伦理纲常在贾府一度荡然无存。荣国府内的贾赦“不管理家事”，只求奢侈淫乐。元春获妃省亲，这是十分重大的事件，然而贾赦“只在家高卧，有芥豆之事，贾珍等或自去回明，或写略节；或有话说，便传呼贾琏、赖大等领命”；贾母说他“左一个小老婆右一个小老婆放在屋里”“放着身子不保养，官儿也不好生作去，成日家和小老婆喝酒”。结果又看上自己母亲的贴身丫鬟，硬要自己妻子去讨，妻子讨要未果，便寻得鸳鸯的哥嫂去劝说，得知鸳鸯依旧不答应，便恐吓威逼。

贾赦还心狠毒辣，巧取豪夺。第四十八回写道，贾赦“不知在那个地方看见了几把旧扇子，回家看家里所有收着的这些好扇子都不中用了，立刻叫人各处搜求。谁知就有一个不知死的冤家，混号儿世人叫他作石呆子，穷得连饭也没的吃，偏他家就有二十把旧扇子，死也不肯拿出大门来。二爷好容易烦了多少情，见了这个人，说之再三，把二爷请到他家里坐着，拿出这扇子略瞧了一瞧。据二爷说，原是不能再有的，全是湘妃、棕竹、麋鹿、玉竹的，皆是古人写画真迹，回来告诉了老爷。老爷便叫买他的，要多少银子给他多少。偏那石呆子说：'我饿死冻死，一千两银子一把我也不卖！'老爷没法子，天天骂二爷没能为。已经许了他五百两，先兑银子后拿扇子。他只是不卖，只说'要扇子，先要我的命'！姑娘想想，这有什么法子？谁知雨村那没天理的听见了，便设了个法子，讹他拖欠了官银，拿他到衙门里去，说所欠官银，变卖家产赔补，把这扇子抄了来，作了官价送了来。那石呆子如今不知是死是活。老爷拿着扇子问着二爷说：'人家怎么弄了来？'二爷只说了一句：'为这点子小事，弄得人坑家败业，也不算什么能为！'老爷听了就生了气，说二爷拿话堵老爷，因此这是第一件大的。这几日还有几件小的，我也记不清，所以都凑在一处，就打起来了。也没拉倒用板子棍子，就站着，不知拿什么混打一顿，脸上打破了两处。"

身为贾赦的妻子，邢夫人从不知规劝，只知承顺贾赦以自保，次则以贪聚财货为自得，家中一应大小事务，俱由贾赦摆布。凡出入银钱事务，一经她手，便从中克扣，以贾赦浪费为名“须得我就中俭省，方可偿补”，儿女奴仆，一人不靠，一言不听的。如此种种，父母皆无章法礼教可言，上行下效，儿子也是一路货色。

贾赦的儿子贾琏也是一个好色之徒。“因贾赦姬妾丫鬟最多，贾琏每怀不轨之心，只未敢下手。如这秋桐辈等人，皆是恨老爷年迈昏愦，贪多嚼不烂，没的留下这些人作什么，因此除了几个知礼有耻的，馀者或有与二门上小幺儿们嘲戏的。甚至于与贾琏眉来眼去相偷期的，只惧贾赦之威，未曾到手。这秋桐便和贾琏有旧，从未来过一次。今日天缘凑巧，竟赏了他，真是一对烈火干柴，如胶似漆，燕尔新婚，连日那里拆的开。”贾赦要强讨母亲的贴身丫头，贾琏则觊觎父亲的妾室姨娘，“脏的臭的都往屋里拉”，孩子生病，以防传染为由，在与凤姐分居的日子，他与多姑娘厮混；妻子生日，他同鲍二媳妇私会；就连国孝家孝期间，他还要偷娶尤二姐。家教礼法，在这一对父子眼里形同虚设。

再看宁国府的贾敬、贾珍与贾蓉。贾敬只想长生不老，专注炼丹修仙，孩子不管，爵位不要，把好好的家业扔给儿子贾珍。最后贾敬暴毙，儿子贾珍在为父亲居丧的时候竟然拉着贾蓉“乘空寻他小姨子们厮混”，一面是居丧尽礼的“孝子贤孙”，一面是纵欲乱伦的荒淫之徒。贾珍、贾蓉父子俩不单自己荒唐，还怂恿西府的贾琏偷娶尤二姐。贾珍是喜新厌旧，贾蓉则是日后方便“趁贾琏不在时，好去鬼混”。诚如柳湘莲所言：“东府里，除了那两个石头狮子干净。”

## （二）府中内斗不和，勾心斗角

在一个家庭中因不和产生的内耗，是对家庭正能量最大的消耗。在贾家家族延续的中后期，内斗愈发严重。诚如第七十四回探春说：“可知这样大族人家，若从外头杀来，一时是杀不死的。这是古人曾说的‘百毒之虫，死而不僵’，必须先从家里自杀自灭起来，才能一败涂地！”第七十五回中她又说：“咱们倒是一家子亲骨肉呢，一个个不像乌眼鸡似的，恨不得你吃了我，我吃了你！”

《红楼梦》中写贾府是一个“功名奕世，富贵传流”的“诗礼簪缨之族”。本来应该是父慈子孝，兄友弟恭，姐妹相亲，妯娌和顺，可惜，在实际生活中却是明争暗斗。尤氏说，贾府众人“只会讲外面，假礼假体面”。凤姐在第十六回中说：“咱们家所有的这些管家奶奶们，那一位是好缠的？错一点儿他们就笑话打趣，偏一点儿他们就指桑说槐的抱怨。‘坐山观虎斗’，‘借剑杀人’，‘引风吹火’，‘站干岸儿’，‘推倒油瓶不扶’，都是全挂了的武艺。”在贾府之中，人与人之间已经失去了相互的信任，只有暗地里的争斗、陷害、打击。这种

“信任危机”也是贾府走向衰落的因素。请看：

——父子对立。贾政与宝玉的人生观、价值观和生活态度迥然不同，两人如同猫鼠关系，贾政把自己的意志强加于儿子，压抑宝玉的内在才华。他听信谗言，失去理智，为了“免得上辱先人，下生逆子之罪”，对宝玉像仇敌一样，一通狂打，甚至打算“一发勒死了，以绝将来之患”。一个坚持正统的仕途之路，一个追求自由开放的诗意生活，形成了水火不容的对立局面。

——母子离心。贾母极不喜欢贾赦，儿子竟借讲故事的机会影射贾母“偏心”，引起贾母极大的不快。在家宴上贾赦借故事讽刺母亲偏心——这次在贾赦手内住了，只得吃了酒，说笑话。因说道：“一家子一个儿子最孝顺。偏生母亲病了，各处求医不得，便请了一个针灸的婆子来。这婆子原不知道脉理，只说是心火，如今用针灸之法，针灸针灸就好了。这儿子慌了，便问：‘心见铁即死，如何针得？’婆子道：‘不用针心，只针肋条就是了。’儿子道：‘肋条离心甚远，怎么就好？’婆子道：‘不妨事，你不知天下父母心偏的多呢。’”众人听说，都笑起来。贾母也只得吃半杯酒，半日笑道：“我也得这个婆子针一针就好了。”（第七十五回）贾赦并不是胡说，贾母确实偏爱贾政，对贾赦打心眼里不喜欢。

探春因“庶出”而产生怨恨，与亲生母亲赵姨娘产生隔阂。而赵姨娘却不知高低，借探春理家的机会捞便宜，闹到母女反目，母女关系越发紧张。

——夫妻猜忌。贾琏与王熙凤名为夫妻，实则同床异梦，各怀鬼胎，互不忠诚。贾琏偷娶尤二姐，勾搭鲍二家的。凤姐与贾蓉关系暧昧，焦大说“养小叔子的养小叔子”，就是指她。王熙凤心机过人，手段毒辣，大权独揽，玩弄贾琏于股掌之中，贾琏的苦况难以言表。“女强人”与“小丈夫”之间往往出轨的概率很高。贾府内的夫妻关系基本上没有专一、忠贞、相爱可言，大多数是利益的结合。

——婆媳妒忌。王熙凤与娘家的姑妈王夫人抱成一团，把持荣国府的大权，成了有权有势的一派。而与自己的公婆贾赦、邢夫人却离心离德，正如“这媳妇竟成了陌路人”。邢夫人与王熙凤这一对婆媳积怨颇深。第七十一回里写道：“邢夫人直至晚间散时，当着许多人赔笑和凤姐求情说：‘我听见昨儿晚上二奶奶生气，打发周管家的娘子捆了两个老婆子，可也不知犯了什么罪。论理我不该讨情，我想老太太好日子，发狠的还舍钱舍米，周贫济老，咱们家先倒折磨起老人家来了。不看我的脸，权且看老太太，竟放了他们罢。’说毕，上车去了。凤姐听了这话，又当着许多人，又羞又气，一时抓寻不着头脑，憋得脸紫涨，回头向赖大家的等笑道：‘这是那里的话。昨儿因为这里的人得罪了那府里的大嫂子，我怕大嫂子多心，所以尽让他发放，并不为得罪了我。这又是谁的耳报神这么快。’”凤姐是贾赦的儿媳妇，贾赦、贾政兄弟俩在父亲去世后分房两居，凤姐本应帮着邢夫人管理贾赦一房的各项事务，但因为有王夫人，凤姐实际上是贾政一房的管家女主人，这已经让邢夫人十分不满。又因贾赦讨鸳鸯未果，认为是凤姐从中作梗，心中早有怨气，终于借着机会当众拿凤姐作法示威。在后来的抄检大观园中，邢夫人的陪房王善保家的更是在一旁煽风点火，唯恐不乱。

王夫人与李纨这一对婆媳也并不融洽。按照规矩，贾政一房应由王夫人持家，王夫人的长子贾珠娶妻后，持家的担子应慢慢转到贾珠的妻子李纨身上。然而王夫人却找了自己的内侄女——王熙凤来帮自己持家。所以书里有一段话，说贾母心疼李纨“寡妇失业”，这个“失业”便指的是本该由李纨执掌的中馈之权，被王夫人剥夺了。王夫人此举，不单加剧了邢夫人和王熙凤之间的矛盾，也产生了两对新的矛盾：邢夫人和王夫人、王熙凤和李纨。

婆媳矛盾、妯娌矛盾、嫡庶矛盾、主仆矛盾，这些矛盾都随着贾府的家风日下而日益突出，所以林黛玉说：“但凡家庭之事，不是东风压了西风，就是西风压了东风。”到了抄检大观园的时候，贾府已经连遮掩这些矛盾的意识都没有了。探春所言“你们别忙，自然连你们抄的日子有呢！你们今日早起不曾议论甄家，自己家里好好地抄家，果然今日真抄了。咱们也渐渐地来了”。将贾府气数将尽的事实摆在了众人眼前。

### （三）青年男子不求进取，平庸无能

一个家庭是否有希望、有未来、有活力，关键看后代是否长进。《红楼梦》中贾府的年轻一代，或者游手好闲、无所事事，或者不求进取、得过且过，更有甚者，偷鸡摸狗，尽做坏事。贾府其他族人子弟更为不肖。

贾瑞是贾府义学塾贾代儒的长孙，竟然对嫂子王熙凤起了歪心思。贾芹作为贾府和尚道士的总管，在家庙里“为王称霸起来，夜夜招聚匪类赌钱，养老婆小子”，至于有人匿名写了“西贝草斤年纪轻，水月庵里管尼僧。一个男人多少女，窝娼聚赌是陶情。不肖子弟来办事，荣国府内好声名”的帖子。贾芹还参与了贩卖巧姐的计划。他们的行为表明，族中子弟没有分毫家族荣誉观，更谈不上修身养性，他们想的只是如何借着自己是贾府子弟的身份捞些好处，当贾府败落，他们也从未想过救家兴家，而是落井下石。

贾赦说：“想来咱们这样人家，原不比那起寒酸，定要‘雪窗萤火’……咱们的子弟都原该读些书，不过比人略明白些，可以做得官时就跑不了一个官的。何必多费了工夫，反弄出书呆子来。所以我爱他这诗，竟不失咱们侯门的气概。”因

回头吩咐人去取了自己的许多玩物来赏赐与他。因又拍着贾环的头，笑道：“以后就这么做去，方是咱们的口气，将来这世袭的前程定跑不了你袭呢。”（第七十五回）在贾赦看来，贾府本就享着祖上带来的荣华富贵和世袭爵位，完全没有必要跟那些寒门弟子那样，勤奋读书。寒门是没有其他办法改变自己的处境，只有读书科考这一条路。但贾府不是，只要稍微学点，“比人略明白些”，自然有官可做。有官可做，自然有俸禄可拿。书读多了，反而容易成为书呆子。贾赦的看法十分有代表性。他实际上道出了名门望族由盛而衰的主要原因：子弟不思进取。这群纨绔子弟利用封建制度中落后、消极的东西，比如捐官制度、世袭爵位制度等，表面上维护着家庭利益，实质上却无一不在败坏着家庭、家族以及由家庭、家族所承载的价值理念和传承责任。抄家只是压倒贾府的最后一根“稻草”。

其实，这个家族早就开始从内部腐烂走向灭亡。府内子弟中，大概除了贾兰，没有其他人在用心读书。贾府上下自荣、宁两位国公之后就没有形成饱读诗书的家风或氛围。荣、宁两位国公是武官，在战马上立下了赫赫战功，学问方面应该是没有太大造诣。因为功勋太高，皇恩浩荡，得以让后世子孙不需要科考便能够袭官，所以整个家族没有经受过必须读书才有出路的压力。贾赦公然表示，他们贾府的子弟根本无须读书，因为横竖都会有公家饭吃，就算没有世袭爵位，也可以花钱买官，谓之“捐官”。秦可卿去世后，贾珍觉得儿子的官职太小，写在灵幡上不好看，毫不犹豫给儿子买了个更大的官来使自己的脸上好看一些。“拼爹”这种现象是当时社会的一大弊病，那时叫作“荫”，意思就是有了祖辈或父辈这棵大树，晚辈就不用愁了。不仅帝王可以传位于子孙，就是文臣武将，到了一定的品级，子孙都享有承袭先辈官爵或谋求官职的特权。品级越高，谋求官职的后代的人数也就越多。在封建社会，不要说统治阶级中的那些权臣和贪官污吏，就是一些所谓的贤臣良将，也把为子女谋取特权当成天经地义的事。这种“福荫”类似于今天的“啃老”，指年轻一代坐享其成、享乐过日子。

### （四）贾府内宅生活奢靡、挥霍浪费

贾家的夫人、小姐们仆妇成群，生活极尽奢华。小说第三十九回写贾府一顿螃蟹宴就要花费二十多两银子，刘姥姥感叹：“阿弥陀佛！这一顿的钱够我们庄家人过一年了。”

在贾府里，一盘茄子就要十几只鸡来配，连窗纱都要用“软烟罗”。刘姥姥说，贾府用的布料庄稼人在嫁人时用来做衣裳都用不起，她们却用来糊窗子。贾府内宅的太太、小姐每天只知休闲享乐，三日一小宴，五日一大宴，生日、节庆都是笙歌、听戏、吃酒、取乐，贾府的生活称得上穷奢极欲。

大观园的建设规模不仅巨大，其内部的装饰也极奢华。小说第十七回中写道，贾政因问贾珍道：“这些院落房宇并几案桌椅都算有了，还有那些帐幔帘子并陈设玩器古董，可也都是一处一处合式配就的？”贾珍回道：“那陈设的东西早已添了许多，自然临期合式陈设。帐幔帘子，昨日听见琏兄弟说，还不全。”……贾琏取出纸折略节，看了一看，回道：“妆蟒绣堆、刻丝弹墨并各色绸绫大小幔子一百二十架……外有猩猩毡帘二百挂，金丝藤红漆竹帘二百挂，墨漆竹帘二百挂，五彩线络盘花帘二百挂，每样得了一半，也不过秋天都全了。椅搭、桌围、床裙、桌套，每分一千二百件，也有了。”可见其装饰的考究、高档。而元春省亲时，排场也极其气派。第十八回写贾府为迎接元春省亲：“园内各处，帐舞蟠龙，帘飞彩凤，金银焕彩，珠宝争辉，鼎焚百合之香，瓶插长春之蕊。”“只见园中香烟缭绕，花彩缤纷，处处灯光相映，时时细乐声喧，说不尽这太平气象，富贵风流。”连贾妃在轿内看了园内外光景，叹道：“奢华过费。”又劝道：“以后不可太奢，此皆过分之极。”元春的这次省亲，贾府几乎倾其所能，办得极为隆重、奢华，也让贾府背上了沉重的债务。

贾府中的主子们也每天找乐、享受，三天一小宴，五天一大宴，各种生日会、节日会，花样百出，吃喝听戏，花费毫无节制。俗话说，“由俭入奢易，由奢入俭难”，一习惯性的消费便再也无法节约，慢慢地就入不敷出了。

此外，还有聚赌成风。第七十三回中写道：“**近来渐次放诞，竟开了赌局，甚至有头家局主，或三十吊五十吊三百吊的大输赢。半月前竟有争斗相打之事。**”好赌败家的事十有八九，赌博引发的争斗、斗殴更是常见。贾府中的人由于疏于管理，已经不是小赌的问题，而是设立赌局，可见赌博成风，可见风气之坏。

贾府的男人中，长者无德，青年人无志无才，开源者少，花费者多，缺乏居安思危，没有长远计划，不懂量入为出。尽管小说借秦可卿托梦警示王熙凤要及早谋划，以防不测，但贾府始终没有切实的举措，最终坐吃山空。

## 四、用中国好家风培育好儿女

家风既是社会风尚的反映，也影响着社会风尚的好坏。良好家风可以影响和辐射家庭成员之外的人的思想品德和行为方式，对形成社会主义文明新风尚、维护社会和谐安定具有重要作用。

一百多年前，蔡元培就曾指出家庭教育存在的弊病：富者以图亦乐，逐酬应之故，而委其子女与保姆。贫者以谋生计，操家政之故，而放任子女于自由。一百年后的今天，随着物质生活的丰富和家庭结构的变化，新的问题频发。当下家庭教育存在四大误区：过度溺爱、温室培养、极力压榨、重智轻德。越来越多的“边缘少年”“问题少年”出现；“官二代”“富二代”“星二代”未能承袭父辈的优良传统，转而炫富摆阔、吃喝玩乐、无视法纪。面对这些日益突出的问题，我们该如何正家风呢？家风不正，又何谈家国安宁呢？

优秀的传统家风文化，尤其是历史上那些成功培育了一代代英才的文化世家的家风，积淀着历代贤哲最深沉的精神追求和最宝贵的治家经验，对当下家风的塑造有着重要的借鉴意义。

那么，今天我们要传承和弘扬的是什么样的中国好家风呢？概括起来有如下“八个好”，即：以“和”为核心的好精神，以“爱”为纽带的好情感，以“孝”为伦理的好品德，以“礼”为规范的好仪态，以“智”为追求的好学问，以“美”为品位的好情趣，以“阅读”为乐趣的好习惯，以“家国一体”为情怀的好境界。下面，对其中主要的几种精神作一论述。

## （一）培养以“和”为核心的好精神

家和万事兴，“内耗”是对家庭和谐最大的伤害。“和商”是一个人重要的情商。

我们通常讲智商、情商、德商等，情商在这三者中起着基础性的作用，情商的核心精神就是“和商”，即具有亲和力、融合力、协调力。《史记·高祖本纪》有记载，刘邦说：“夫运筹帷幄之中，决胜千里之外，吾不如子房；镇国家、抚百姓，给饷馈，不绝粮道，吾不如萧何；连百万之众，战必胜，攻必取，吾不如韩信。三者皆人杰，吾能用之，此吾所以取天下者也。项羽有一范增而不能用，此所以为我擒也。”刘邦说：我的能力不如张良、萧何、韩信，但这些有能力的人都为我所用。我的最大本事在于我能接纳别人，知人善任、用人所长，群臣听了都心悦诚服。这就是“和商”，能够把不同的人团结在自己身边，并且发挥每个人的作用。

情商对孩子的成长是至关重要的，情商可以改变“高分低能”的现象，情商对一个人的成功起着决定性的作用，是决定一个人能否优秀的基石。情商比智商更重要。智商决定能否做成事，情商决定是否会做人。情商包括顽强的意志、坚韧的毅力和善于沟通的能力，它决定了一个人的好人缘，有时人脉是最重要的资源。

和合文化是中华民族人文精神的核心和精髓。只有以和立家，和谐、和睦，才能收获幸福美满的家庭。家和万事兴体现了中国传统文化和谐、融合的关系，展示着人们向往和谐美满生活的愿望。家和则家庭兴、家族兴、家国兴、万事兴。家庭成员要做到和谐相处，必须互让、互敬和包容，学会接纳对方的缺点，重情重义，轻物轻财，大事多商量，小事不计较。这样才能防止家庭中出现“内耗”的现象。

### （二）培养以“爱”为纽带的好情感

黄金有价情无价。夫妻之爱、亲子之爱、亲人之爱是无法用金钱衡量的。

爱的核心是心心相通，心心相印。家是讲情的地方，不是讲钱的地方。《周易》有一卦叫“咸”卦，“咸”通“感”，讲的是婚姻必须建立在爱情的前提和基础上，只有建立在爱情基础上的婚姻才能长久。家，是生命和血脉延续的地方，要以“亲爱”为主要纽带。爱的本质是给予、付出，也是收取、获得。爱是彼此友好，和睦相处。亲爱的内容有五个方面：对长辈的敬爱、对晚辈的慈爱、对伴侣的恩爱、对亲人的友爱和对祖国的热爱。

以爱立家，才能永葆生机活力。夫妻相爱、父母慈爱，儿女友爱，这样的家庭才能和谐，才能给人以温暖和力量。

### （三）培养以“孝”为伦理的好品德

我们为什么要弘扬孝道？《孝经》认为，孝是天之经、地之义、民之行、人之性，是联系三代人的纽带，体现着祖孙间的代际关系。孝是构建道德大厦的基石，孝道是立身、齐家、强国的道德基石和道德力量。

那么，如何践行孝道呢？首先，最核心的是恭敬，如《孝经》所言：“居则致其敬，养则致其乐，病则致其忧，丧则致其哀，祭则致其严。”意为：孝子对父母的侍奉，在日常家居的时候，要竭尽对父母的恭敬，在饮食生活方面奉养时，要保持和悦愉快的心情去服侍；父母生病了，要带着忧虑的心情去照料；父母去世了，要竭尽悲哀之情料理后事：对先人的祭祀，要严肃对待，礼法不乱。其次，最可贵的是让父母感受愉悦；子女除了要给予物质的赡养以外，还要对父母给予心理抚慰。最后，要让父母无忧和宽慰。作为子女，能够自爱、自重、自强，能够独立生活，事业有成，能为国家建功立业，满足父母的期望，就是对父母最大的宽慰。

除了培养孝德以外，还要培养如下品格。

一是勤俭。诸葛亮在《诫子书》中说：“夫君子之行，静以修身，俭以养德；非澹泊无以明志，非宁静无以致远。”短短几十个字，道尽了以下三点人生哲学：宁静的心境，节俭的品格，淡然的境界。

以勤持家，才能扎实发展家庭根基。我国家庭文化源远流长，虽然具体到每个家庭，其表现形式有所不同，但追本溯源，都是以勤俭为根本。《颜氏家训》提出，一个家庭在财务、金钱的使用上要适度，要遵循“施而不奢、俭而不吝”的原则。《朱子治家格言》曰：“一粥一饭，当思来处不易；半丝半缕，恒念物力维艰。”它告诉我们勤俭节约要从日常生活、穿衣吃饭做起，不能铺张浪费，要知道珍惜，要知道每一样东西背后都有人辛勤地付出，都来之不易。一个不懂得勤俭节约的家庭是很难积累财富的，一个不懂得勤俭节约的国家是难以繁荣持久的，一个不倡导勤俭节约的社会是难以长治久安的，一个不认同勤俭节约的民族是难以自立自强的。勤俭持家，意味着对艰辛劳作所创造的物质财富的珍惜，节俭本身体现着对劳动的尊崇，节俭与勤劳互为表里。既勤且俭，就能不断地创造和积累财富。“奢靡之始，危亡之渐”，这是历史的深刻昭示。

二是善良。善良是做人的底线，要为善远恶，“不以善小而不为，不以恶小而为之”。宋代诗人陆游写下二十六条家训传给后人，其中善良居首位。内容有：善良正直、谦虚谨慎、有错必改、淡泊名利、志存高远、严于律已、宽以待人、勤俭持家、俭朴生活、胸怀宽广、心系苍生。他还告诉后代：“仕宦不可常，不仕则农，无可憾也。但切不可迫于衣食，为市井小人事耳。戒之戒之。”

三是谦虚。一个张狂的人往往目中无人，趾高气扬。谦虚是一种品格，也是一种胸怀和格局。俗话说：半桶水，通通响。沉甸甸的稻穗往往低着头。越有能力、有水平的人往往都是谦虚好学的。王阳明在家训中也强调做人要谦恭，在他立下的家训中要求："学谦恭，循礼仪。"

四是勤奋。人的天赋差别往往并不大，其能力和贡献的大小取决于后天的努力和奋斗。每个人本来都可以成功和有所作为，有时却会由于缺少勤奋的品格，往往半途而废。我们常说，要有十年磨一剑的毅力，要有一辈子做一件事的韧性，这是由勤奋的品格所决定的。

"清代第一才子"纪晓岚家教很严，对子女提出了"四戒""四宜"的要求：四戒：一戒晏起，二戒懒惰，三戒奢华，四戒骄傲；四宜：一宜勤读，二宜敬师，三宜爱众，四宜慎食。

曾国藩提出了勤奋、俭朴、求学、务实的家风，留下十六字箴言："家俭则兴、人勤则健；能勤能俭，永不贫贱！"

### （四）培养以"礼"为规范的好仪态

只有以礼传家，才能流芳百世。什么是礼？礼是崇德向善、见贤思齐；孝顺父母、尊老爱幼；崇仁尚义、诚实守信；尊师重道、重礼谦逊；和睦宗族、礼让乡邻、勤奋读书。这些礼仪规范是正确的世界观、人生观和价值观在日常行为中的体现，是调节维系家庭成员之间情感和利益的道德行为规范。是一个人教养的体现，是为人处世的规则。朱熹的《童蒙须知》要求儿童的学习要从仪容、仪表开始，然后是讲话、走路的规矩，接下来是养成良好的卫生习惯，最后才是读书写字，主要目的是规范儿童的行为。王阳明认为激发儿童的兴趣，让儿童开心，是开展儿童教育的重要前提，然后再引导他们学习礼仪，以使他们仪表严肃；教导他们读书吟诵，以开发他们的智力。他把知识、礼仪、诗歌的传授和儿童的生理、心理特征相结合，同时把儿童的身体锻炼和道德涵养联结在一起，这样就在传授知识的同时兼顾了儿童的身心发展特点。

### （五）培养以“阅读”为乐趣的好习惯

耕读传家是中华优秀传统家风的一大特征，“忠厚传家久，诗书继世长”是许多家庭张贴在厅堂或门楣的对联。阅读是汲取精神食粮、享受生活乐趣、通向伟大心灵的一道时空之门。阅读使人心灵丰富，爱读书的人往往就是一个快乐的人、幸福的人。

当代家庭对孩子的学习教育要注意以下三个方面：1. 培养孩子集中注意力；2. 激发孩子的潜能，包括仔细观察、引发兴趣、激发潜能，动手操作、培养习惯、发展潜能，积极评价、巩固兴趣、升华潜能；3. 培养孩子的感悟力、想象力和创造力。

## （六）培养以“家国一体”为情怀的好境界

境界，关系着一个人的格局、眼界和胸怀，一个人的眼界有多宽就能走多远。家是最小国，国是千万家。国家的兴衰与个人、家庭的命运紧密相连。对孩子的培养教育是为个人、为家庭，也是为社会、为国家，要从小培养孩子爱国、爱家乡的意识。要从小培养孩子的利他意识，教育孩子学会为他人着想和换位思考，乐于助人，大处着眼，小处着手，在服务他人、服务社会中提升自己的思想境界和家国情怀。

民族英雄林则徐写过一副对联留给后代：“子孙若如我，留钱做什么，贤而多财，则损其志；子孙不如我，留钱做什么，愚而多财，益增其过。”又说：“存心不善，风水无益。不孝父母，奉神无益。兄弟不和，交友无益。行止不端，读书无益。做事乖张，聪明无益。心高气傲，博学无益。做事乖张，聪明无益。时运不济，妄求无益。妄取人财，布施无益。淫恶肆欲，阴骘无益。”父母应该给子孙留下什么？除了适当的财产和金钱以外，最重要的是留下美德、智慧、技艺，而精神财富比物质财富更为重要，用好的家风培养和塑造子女，是家庭得以代代兴旺的核心和关键。

# 第二讲

# 谈谈家长的『优』与『劣』

家长是家庭教育的主体，是孩子的第一任老师。家长的素质在一定程度上决定了孩子的未来。有人说，父亲决定孩子能飞多高，母亲决定孩子能走多远，这句话充分说明了父母在孩子成长过程中具有举足轻重的作用。一个合格的、优秀的家长，需要具备很高的素质，要具备一定的养育孩子的物质基础，还必须具有情怀、能力、知识。当今社会，许多职业都需要持证上岗，家长是最需要持证上岗的。可惜的是，今天的许多家长往往在没有做好物质准备、心理准备和能力准备的情况下，就已经当了父母。他们对孩子的成长规律，对家庭教育的知识一窍不通，既不会“养”，也不会“育”，有的对孩子采取放任和溺爱的态度，有的把孩子交给爷爷奶奶带，有的随便打骂，等等，因此产生了各种各样的家庭矛盾，甚至留下了许多遗憾。可以说，许多“问题少年”的背后都有一个不称职的家长，许多孩子产生不良行为的根源都在家长。有不少家长在事业上是有成就的，但遗憾的是没有教育好子女，子女不成才、不成器，甚至走上犯罪的道路，或者走上自残的绝路，这不能不说是非常可惜的。

《红楼梦》里写了不少家长，在这里不一一列举。在这一讲里，主要以“优秀”的家长李纨和“低劣”的家长贾政作为例子进行对比分析，试图回答如何努力成为新时代的合格家长、优秀家长。

## 一、优秀家长——“贤”妈妈李纨

在《红楼梦》整个家族的子女中，最后为贾府争光的是贾兰。贾兰的成长离不开母亲李纨的言传身教。《红楼梦》第五回给李纨的判词是“**桃李春风结子完，到头谁似一盆兰**”。画面暗示李纨晚年因子得贵、诰命加身。首句“桃李”“完”寓李纨二字，全句寓李纨生子后就青春丧偶；次句寓贾兰的“兰”字，兼指将来贾府诸子孙中唯有贾兰显贵。贾兰从一片污糟的贾府中脱颖而出，他的身后到底站着一位怎样的母亲呢?

小说第四回把王熙凤与李纨作为对比呈现，一个是大房的二奶奶，一个是二房的大奶奶；一个能说会道，一个沉默寡言；一个刚一出场就牢牢抓住人心，让人的视线再也不能从她身上挪开，一个则几乎没有存在感。曹雪芹对李纨的形容又太容易令人产生先入为主的印象——

原来这李氏即贾珠之妻。珠虽夭亡，幸存一子，取名贾兰，今方五岁，已入学攻书。这李氏亦系金陵名宦之女，父名李守中，曾为国子监祭酒，族中男女无有不诵诗读书者。至李守中承继以来，便说“女子无才便有德”，故生了李氏时，便不十分令其读书，只不过将些《女四书》《列女传》《贤媛集》等三四种书，使他认得几个字，记得前朝这几个贤女便罢了，却只以纺绩井臼为要，因取名为李纨，字宫裁。因此这李纨虽青春丧偶，居家处膏粱锦绣之中，竟如槁木死灰一般，一概无见无闻，惟知侍亲养子，外则陪侍小姑等针黹诵读而已。

“槁木死灰”“以纺绩井臼为要”，似乎是一个生活没有情趣，只会一点女红的人，是一个无关紧要的人。然而，位列《红楼梦》金陵十二钗正册，如果只是一名再寻常不过的守节寡妇，那就如贾蓉的生母一样，写都没有必要写了。作者将她单独写出来，一定不是为了颂扬她年轻守寡，更不是为了拿她来反衬大观园的其他小姐、丫头有多么进步。李纨的存在，蕴含着独特而丰富的精神维度。

曹雪芹开篇写李纨，目的是突出她生活在恶劣的成长环境中：她生于宋明理学甚嚣尘上的历史时期，女子的地位前所未有的低下。她本是“金陵名宦之女”（第四回），她的族人

**“无有不诵诗读书者”**，她的父亲甚至做到了国子监祭酒，也就是国子监的主管官，是封建时代的最高学官，应该学问很大。可学问这么大的父亲，却偏是笃信理学的迂儒之人，竟然不愿意教导自己女儿读书，**“只不过将些《女四书》《列女传》《贤媛集》等三四种书，使他认得几个字，记得前朝这几个贤女便罢了，却只以纺绩井臼为要”**。那么，李纨真的只是认得几个字，记得前朝几个贤女吗？答案显然是否定的。

第一，李纨是一个有文学素养的人，对诗词具有鉴赏能力。她搬进大观园后，不仅率先结诗社，还经常对大观园内两位公认的大才女林黛玉和薛宝钗的诗词做出令人信服的评论。

第三十七回里，初进大观园不久，探春和宝玉商量着起诗社，其他人立刻热火朝天地讨论，谁也没想到李纨来了——

**一语未了，李纨也来了，进门笑道：“雅的紧！要起诗社，我自荐我掌坛。前儿春天我原有这个意思的。我想了一想，我又不会作诗，瞎乱些什么，因而也忘了，就没有说得。既是三妹妹高兴，我就帮你作兴起来。”**

**黛玉道：“既然定要起诗社，咱们都是诗翁了，先把这些姐妹叔嫂的字样改了才不俗。”李纨道：“极是，何不大家起个别号，彼此称呼则雅。我是定了‘稻香老农’，再无人占的。”**

宝玉评价李纨："稻香老农虽不善作却善看，又最公道，你就评阅优劣，我们都服的。"文学创作和文学鉴赏分属两个不同的领域，但无一例外都需要有较高的文学造诣，从宝玉的话中可知，李纨的文学鉴赏水平是极高的，至少大观园的几位才女才子都是信服的。纵观大观园其他才女，林黛玉、薛宝钗是从小就被父亲带着当男儿一样读书习字，贾府"四春"是从小就在艺术造诣颇高的贾母身边跟着学习。那么李纨呢？大概率小时候偷偷看"禁书"，与薛宝钗一样，偷偷读诗吧。一个趁着大人不注意，自己偷偷看诗词歌赋的女孩子，怎么可能会是"槁木死灰"呢？

第二，李纨是具有担当精神的人。她不仅主动说要帮着探春把诗社做起来，还自荐掌坛，她在心里筹谋成立诗社，连别号都早已经给自己取好了。李纨还给诗社立规矩："就是这样好。但序齿我大，你们都要依我的主意，管情说了大家合意。我们七个人起社，我和二姑娘四姑娘都不会作诗，须得让出我们三个人去。我们三个各分一件事。"探春笑道："已有了号，还只管这样称呼，不如不有了。以后错了，也要立个罚约才好。"李纨道："立定了社，再定罚约。我那里地方大，竟在我那里做社。我虽不能作诗，这些诗人竟不厌俗客，我作个东道主人，我自然也清雅起来了。若是要推我作社长，我一个社长自然不够，必要再请两位副社长，就请菱洲藕榭二位学究来，一位出题限韵，一位誊录监场。亦不可拘定了我们三个人不作，若遇见容易些的题目韵脚，我们也随便作一首。你们四个却是要限定的。若如此便起，若不依我，我也不敢附骥了。”迎春惜春本性懒于诗词，又有薛林在前，听了这话便深合己意，二人皆说“极是”。

……“从此后，我定于每月初二、十六这两日开社，出题限韵都要依我。这其间你们有高兴的，你们只管另择日子补开，那怕一个月每天都开社，我只不管。只是到了初二、十六这两日，是必往我那里去。”

短短一番话，一方面，照顾了迎春和惜春，确保她们不至于因为作诗不如其他姐妹而被冷落，显示了李纨的体贴；另一方面，自己作为大观园的主理人，又是姐妹们的长嫂，对姐妹们负有责任，万一诗社中出现什么意外状况，在自己府上也好及时应对，所以将诗社地点设在自己府上，显示了李纨的担当。

第三，李纨是处事公道，为人正派的人。在第一次社评中，她主推薛宝钗的诗，并给予了适当的评价，众人看了，都道是这首为上。李纨道：“若论风流别致，自是这首；若论含蓄浑厚，终让蘅稿。”探春道：“这评的有理，潇湘妃子当居第二。”李纨道：“怡红公子是压尾，你服不服？”宝玉道：“我的那首原不好了，这评的最公。”又笑道：“只是蘅潇二首还要斟酌。”李纨道：“原是依我评论，不与你们相干，再有多说者必罚。”宝玉听说，只得罢了。

第三十八回《林潇湘魁夺菊花诗》，李纨公正、精准地点评了十二首咏菊的诗，并给予公正的排序。李纨笑道：“等我从公评来，通篇看来，各有各人的警句。今日公评：《咏菊》第一，《问菊》第二，《菊梦》第三，题目新，诗也新，立意更新，恼不得要推潇湘妃子为魁了；然后《簪菊》《对菊》《供菊》《画菊》《忆菊》次之。”李纨不仅具有鉴赏能力，而且评价公道、公正。

即使对权倾家门的王熙凤，不但不逢迎，而且敢于批评。她们向凤姐要求资助诗社活动经费，开始是由探春出面，凤姐采取了推与躲的手法，于是李纨亲自出马。凤姐以攻为守，气势咄咄逼人。李纨毫不示弱，唇枪舌剑，嬉笑怒骂，十八般武艺都使上了，什么“无赖泥腿市俗”“诗书大宦名门”“下作贫嘴恶舌”这类短平快的特殊句式都用上了，什么“黄汤灌狗肚”“狗长尾巴尖”这类村俗语言倾泻而出，而且新账老账一起抖了出来。结果，向来以“辣”出名的王熙凤当众甘拜下风，连声叫着“好嫂子”，装小讨宠，只有求饶之力，没有招架之功。李纨柔中有刚，刚时直如狮子搏兔，雄风飙起，势不可当。

第四，李纨是一个教子有方的人。古语云：“闺阃乃圣贤所出之地，母教为天下太平之源。”认为孔子、孟子等圣人、贤人的出现，皆因在家庭教育中接受了良好的母教，也就是说母亲好的言传身教能够培育出优秀的孩子。因为子女和母亲在一起的时间最长，所以教育子女的责任主要由母亲来承担。《孔子家语》中也说：“昔三代明王，必敬妻子也，盖有道焉。妻也者，亲之主也；子也者，亲之后也，敢不敬与？”由此可见，一个家族中，母亲对这个家庭的未来发展至关重要。

李纨不但教儿子读书，还让他学习骑射。对于清朝武官来说，骑射是需要掌握的基本技能。李纨出自文官世家，贾府虽是武将起家，却一没有承袭尚武风气，二更无读书氛围，当贾宝玉在四处闲逛的时候，贾兰却在练习骑射，而骑射在宝玉眼里，却是“淘气”。贾兰学文习武的自觉源自谁呢，自然只能是他的母亲李纨。

李纨教子有方，与她所受的家庭教育有关。李纨的父亲李守中给女儿的课程安排有以下两大特点：一是重实践轻理论。大部分时间上“纺绩井臼”实践课，“纺绩井臼”是纺线、缉麻、打水、舂米，泛指家务劳动，对李家这样的官宦之家来说，则主要是学习刺绣、缝纫等针线活儿，只有很少时间上理论课；二是只学习与家政有关的课程，理论课内容极其简单，简单到根本不能算理论，只能算是职业道德培训。《女四书》《列女传》《贤媛集》这些书名听上去高大上，实际上就是《怎样做一个贤妻良母》《历代贤女事迹荟萃》《历代贤女资料汇编》一类的书。

一般说来，教育分为两大类型——通识教育与专业教育。通识教育重在培养孩子的独立人格与独立思考的能力，使孩子具备人文素养与科学素养，它有超越功利性与实用性的特点。专业教育是培养专业人才的教育，它注重实用性，相对来说容易趋向功利性。按照这个维度划分，李家对男儿是通识教育，对女子是专业教育，学学家政课，读读德育小册子。李纨学的是贤妻良母专业，就业方向是未来当家长，工作是相夫教子，做一名合格的家庭主妇。李纨被父亲塑造成一个贤妻良母的范本。古人结婚早，十五六岁天真烂漫的女孩子就结婚了，很多人一时难以适应角色转变。李纨婚后立即转入“贤妻模式”，儿子出生以后，她又迅速启动“良母模式”。丈夫突然去世，她又迅速由“相夫”转为“代夫”，一人撑起一片天空。不能不说，这与她从小接受的“职业培训”有很大关系。

贾母、王夫人“素喜李纨贤惠”，下人说她是“第一个善德人”，评价她是个“厚道多恩无罚”的长者。在贾府那样一个盘根错节、争权夺利、人际关系复杂微妙的大家族里，谁能没有敌人呢？李纨做到了。李纨身为荣国府的大少奶奶，深知为人处世之道，性格中庸，行事低调，和荣国府上下都能处理好关系，乐善好施，并且谦逊有礼，由此人称“大菩萨”。林黛玉临终之际，守护在她身旁的只有李纨和丫鬟紫鹃，也正是李纨，让紫鹃有了“主心骨”。

再看《红楼梦》第二十二回有记载：**贾政因不见贾兰，便问：“怎么不见兰哥？”地下婆娘忙进里间问李氏，李氏起身笑着回道：“他说方才老爷并没去叫他，他不肯来。”婆娘回复了贾政。众人都笑说：“天生的牛心古怪。”**于是，贾政便派贾环专门去请他。李纨在这件事上的处理也是非常得体，她没有强迫自己的孩子去参加猜灯谜活动，或许是因为贾兰自己不喜欢，或许是真的认为没必要去，无论哪种原因，结果都是本该按照规矩出席的贾兰缺席了。身为母亲，李纨会不知道吗？她当然知道。李纨用暗示性的方法教育孩子，意思是“孩子你不去也可以，妈妈不会为难你”。所以才有后来的“**独有贾兰跟着他母亲上紧攻书，作了文字送到学里请教代儒。因近来代儒老病在床，只得自己刻苦**”。

在贾府诸多子孙中，唯独贾兰显贵，如果光指望贾府这样一个没落的、腐败的贵族家庭的熏陶，是万万办不到的，若非母亲李纨的悉心教导，贾兰大约也会沦为贾蔷之流。

## 二、拙劣家长——“狼”爸爸贾政

贾政此人堪称封建社会的“狼”爸，既然是“狼”爸，可想而知他管教儿子方式之粗暴。在他身上，不仅可以看到“狼”爸的狠劲，也可以看到“狼”爸的偏执，可以说是一位专制型的家长。

第一，贾政缺乏对子女兴趣、爱好、特长的理解和尊重，强迫宝玉走仕途之路。在《红楼梦》中，贾政和王夫人是以“严父慈母”的形象出现的，贾政对宝玉的态度最初是鄙视、歧视，继而训斥、毒打，最后是失望、失去。

贾政对宝玉的人生道路做了规划，希望宝玉走仕途经济之路，继承家业。为了让宝玉参加科举考试，获取功名，要求宝玉只读经书，写八股文。

贾宝玉因与秦钟相约去念书，来辞贾政时，贾政便告诉李贵：那怕再念三十本《诗经》，也都是掩耳盗铃，哄人而已。你去请学里太爷的安，就说我说了：什么《诗经》古文，一概不用虚应故事，只是先把《四书》一气讲明背熟是最要紧的……

贾政对贾宝玉的期望是简单而直接的：只有熟读《四书》，从而考取功名，走上仕途经济之路，才是他一生的事业，那些《诗经》之类的“杂书”，是没有必要看的，因为不在科举考试范围内。贾政叮嘱宝玉道：“比如应试选举，到底以文章为主……自今日起，再不许做诗做对的了，单要习学八股文章。”并且威胁宝玉道：“限你一年，若毫无长进，你也不用念书了，我也不愿有你这样的儿子了。”当他亲自去学堂见了贾代儒，又说道：“到底要学个成人的举业，才是终身立身成名之事，……目今只求叫他读书、讲书、作文章。”贾政认为仕途经济才是一个人扬名立身的正事，如果贾宝玉做不到，他宁肯不要这个儿子。

贾政与贾宝玉之间的矛盾，是贾政所代表的家族期望与宝玉的人生选择之间的矛盾。一位名人曾这样说过：“贾政与宝玉的矛盾的焦点在于价值观、人生道路的选择、正统与非正统，换句话说，是两种世界观、两种价值取向、两种文化思潮的斗争。”《红楼梦》中的贾宝玉，天性聪明，在进入大观园生活了一段时间之后，大观园的诗意环境，众姊妹的资质才情，如一股清澈的泉水滋润着宝玉的一颗赤子之心。宝玉是一个有艺术天赋的人，如能顺应他的这一兴趣爱好培养，他可能成为一名艺术家。但父亲贾政希望宝玉能够通过科举走上仕途，最后，宝玉在实现贾政的愿望之后，无奈地“出家”了。

第二，贾政缺乏对宝玉人格的尊重，动不动就挖苦和责骂。贾政教育犯错误的儿子或纠正宝玉的不良习惯时，别无他法，就是非“骂”即“打”。有一次，宝玉上学前向他请安，他怎么说的呢，他说：“你如果再提‘上学’两个字，连我也羞死了。”对待宝玉，他几乎从来没有正面肯定过，要么讥讽，要么呵斥，要么干脆辱骂。所以，当他得知金钏之死是因宝玉而起后，因这件事情涉及个人品行，比不读书还要可恶，所以他不骂了，而是吩咐下人把门关好，他几乎要把这个“道德败坏”的儿子打死。

第十七回《大观园试才题对额》，贾政为了检验宝玉的才华，命他题匾额对联。宝玉明明说得不错，贾政却给予否定，如在大观园入口处，宝玉提议是“曲径通幽处”，众人听了，都赞道：“是极！二世兄天分高，才情远，不似我们读腐了书的。”贾政笑道：“不可谬奖。他年小，不过以一知充十用，取笑罢了。”一路上，宝玉提了“沁芳”“有凤来仪”“杏帘在望”“稻香村”“蓼汀花椒”“兰风蕙露”等，贾政无一处肯定和赞扬，或一声断喝：“无知的业障！你能知道几个古人，能记得几首熟诗，也敢在老先生前卖弄！”或斥骂：“无知的蠢物！你只知朱楼画栋、恶赖富丽为佳，那里知道这清幽气象。”或破口大骂：“遂冷笑道：‘你这畜生，也竟有不能之时了。’”这些责骂对孩子的自尊是很大的打击。客观地说，宝玉起的名字比一般所谓的文士起得都要好，作为父亲应当给予肯定和表扬，贾政心里虽觉得不错，但口中却不说好，言行不一，也许是为了显示作为父亲的威严。

第三，贾政对宝玉采取棍棒教育。贾政自从“宝玉抓阄”喜欢女红开始心生厌恶，从此非骂即打。小说第五回写到宝玉神游太虚幻境时说：“宝玉在梦中欢喜，想道：‘这个去处有趣，我就在这里过一生，纵然失了家也愿意，强如天天被父母师傅打呢。’”可见，宝玉没有从父亲之处得到温情。后来，贾政听信了贾环的谗言，认为宝玉戏弄母婢，交结优伶，终于大开杀戒。《红楼梦》第三十三回《手足耽耽小动唇舌　不肖种种大承笞挞》描写了贾政毒打宝玉的场面。“贾政一见，眼都红紫了，也不暇问他在外流荡优伶，表赠私物，在家荒疏学业，淫辱母婢等语，只喝令‘堵起嘴来，着实打死’！”先是让小厮们举起大板打，后来贾政犹嫌打轻了，“一脚踢开掌板的，自己夺过来，咬着牙狠命盖了三四十下”。……“‘不如趁今日一发勒死了，以绝将来之患！’说着，便要绳索来勒死。”好在王夫人拼死救护，才保下了宝玉的命。

棍棒教育这种方法简单、粗暴，对孩子的伤害是很严重的。首先，是对孩子身体的伤害，打孩子时轻重难以掌握，特别是正在“气头”上时，往往无法控制力度，如打孩子的头部，轻则伤皮肤，重则引起脑震荡，可以说，这也是家庭暴力之一。其次，是对孩子心灵的伤害。父母毒打孩子会导致两种倾向，一种是从小在孩子的心里埋下自卑、恐惧的种子，会摧毁孩子的自信心；另一种是滋长孩子的暴力倾向，让孩子从小觉得拳头的力量最大，用拳头可以解决人际关系中出现的矛盾。最后，是对父子感情关系的伤害。肉体的伤痛、心理的伤害，会永远留在孩子的记忆中，导致父子关系疏远，甚至产生敌视。

南怀瑾先生曾说：讲到家庭教育，听起来是很普通的名词，任何一对父母，有了子女，由婴儿至孩提，由儿童到青年，谁又不施管教？古今中外，哪个孩子没有受过家庭教育呢？除非少数的例外，属于不幸者的遭遇，那就另当别论。因此，所讲家庭教育，岂非极普通而不成问题的问题吗？然而，什么是家庭教育的标准？家庭教育应该怎样做？哪些父母才有资格担任家庭教育的主角？这等于说，凡是学校，都有老师，可是哪种人才有为人师表的资格？谁又是真正的好老师呢？当父母或家长的人，他自己本身的家庭教育和他所受的其他教育，是否都够水准而无差错呢？这些都是决定家庭教育的先决条件。倘使讲家庭教育而忽略了这些问题，或者把问题青少年的过错，随随便便一概归咎于孩子，这是不客观的。其实，孩子的问题根源在父母，宝玉不成才根源在贾政。从这个意义上看，贾政便是一个不合格的家长。

## 三、做一个新时代的优秀家长

自古以来，家，便是人们安心、安定、安全的港湾，成长自一个友善、融洽、和睦家庭的孩子，必是自信阳光、积极向上、勤奋好学的人。自古以来，家，还是一个人成长成才的终身课堂，成长自一个严肃、严格、严于律己家庭的孩子，必是三观端正、品格高洁、人格健全的人。良好的家庭教育，必是承袭仁爱、勉学、勤劳、孝顺、谦让、诚信、节俭等中华民族传统美德的教育，必是根植于中华优秀传统文化丰厚土壤的教育，必是充分吸收中华民族思想道德养分的教育，必是能够树人、育才的教育，必是更加坚定理想、更加勇于创新、更加坚持不懈一往无前的家庭教育，所有这些都取决于是否有一个合格的家长。

新时代的家长要学会教育孩子的艺术，为家养儿，为国育儿。那么，怎样才能成为新时代的优秀家长呢？

第一，家长要承担起第一责任人的职责。家长既然生了孩子，就有责任把孩子养育好。《三字经》中说：“苟不教，性乃迁。”“养不教，父之过。”在中国历史上，善于教子、勤于教子的先贤比比皆是。周公以礼贤下士教子，孙叔敖将死诫子，孔子庭训孔鲤，汉高祖刘邦撰《手敕太子》，司马谈教子司马迁著史，郑玄教子读经，马革裹尸的马援训诫侄子，诸葛亮教子“淡泊明志”，“竹林七贤”之一的嵇康教子立志与守志，陶渊明教子和睦相处，范仲淹教子“先天下之忧而忧，后天下之乐而乐”，司马光以《温公家范》教子，陆游以诗教子爱国，朱熹以“养正于蒙”教子，袁采以“为父兄者，通情于子弟”教子，方孝孺以“正学”教子，“南国儒林第一人”王夫之以“从严”教子，朱柏庐撰《朱子治家格言》以修身、齐家为主旨教子，张英以礼让教子，左宗棠以“崇俭广惠”教子等。诸如此类教子的父亲，说明其不但承担了教子的责任和义务，而且注重对子女的品德教育，是认真教子的杰出典范。父母作为教子的第一责任人，既要有教育子女的责任感，也要掌握科学的方法。父母不能把养育的责任推给祖辈，更不能让孩子成为留守儿童，要尽可能陪伴孩子成长，起码要给孩子提供健康的体魄和安全成长的环境。

第二，家长要成为孩子的示范者。家长是孩子的榜样，父母要以自身为榜样，向孩子展示优良的道德品质、文化修养、行为习惯，这比说一万句大道理都管用。做示范者，说起来容易做起来难，但作为父母一定要身体力行，言行一致。尽管当好示范者不容易，但是示范者的能量是巨大的，可以在潜移默化中让孩子模仿、观察、学习，从而健康成长。

第三，家长要树立多元的成才观。成才的道路有千千万万，“三百六十行，行行出状元。”作为家长，要善于发现孩子的兴趣、特长、潜能，鼓励他们发挥特长，不要把自己未能实现的愿望寄托在孩子身上，给孩子一个健康的身体和快乐的人生才是家长的首要任务。在此基础上，从孩子的天赋、兴趣出发，让孩子选择他所喜欢的职业和人生道路。在孩子人生道路的选择上，家长是守护者、引路人，是旁观者、指导者，不能代替，更不能强迫孩子一定按照家长的意愿去做。作为家长，关键要引导孩子找到正确的人生方向，拥有良好的品德和坚韧不拔的意志。只要人生方向正确，为人真诚正直，工作勤奋，终究会成为一个对社会有用的人才。

第四，用平和的心态看待孩子的成长成才。正如《红楼梦》中所言，“痴心父母古来多”。过高的期望往往会带来更大的失望。养育孩子其实是人生的一段缘分，是享受一段天伦之乐，也是家长与孩子的共同成长过程。在孩子身上，家长看到了童真活泼，收获了付出辛苦后产生的愉悦。有这样一个说法，人生有三个阶段：懂得父母是普通人，接受自己是普通人，允许孩子是普通人。有时，家长对孩子的过高期望，反而可能随着孩子的成长而逐渐降低。许多家长担心孩子输在起跑线上。其实，人生是一场马拉松，在这场马拉松式的比拼中，关键是是否有正确的方向、耐力和后劲，说到底是综合素养的竞争。家长要接纳孩子的不完美，甚至接纳孩子的平庸。特别优秀的孩子毕竟是少数，要允许孩子不那么优秀，只要孩子努力了，生活得快乐健康，就应当满足。当然，作为家长要鼓励和引导孩子立大志、做大事、创大业。但在成功的路上，既有主观因素，也有客观因素，家长不必苛求，要成为一个淡定从容、心态平和的家长。

第五，尊重孩子的合法权利。孩子是由父母养育的，父母为孩子的成长成才花费了心血、汗水、金钱、情感等。但这是作为父母的责任和义务，是不能用等价交换来衡量的，更不能由此认为孩子是父母的私有财产。当孩子成年以后，他首先是属于自己的，这时父母要从孩子的守护者转变为旁观者，要放手让孩子飞翔。孩子是一个有情感、有思想、有理念的生命体，不是一个物件，为此，必须尊重孩子的权利。首先，要尊重孩子的兴趣爱好以及选择的权利，家长要善于发现孩子的专长，帮助他们作出正确的选择。其次，要尊重生存权，尊重孩子的全面发展权、受保护权和全面参与家庭、文化和社会活动的权利。最后要转变育儿观，即从偏重知识技能向加强和提升品质、完善人格转变，从才艺兴趣培养的功利倾向向发展审美愉悦转变。让孩子学琴棋书画不要只是希望能成名成家，关键在于对美的感知，对审美能力的提升。要以父母对孩子的学业监督为主向民主、平等、共情交流转变。

中国近代政治家、思想家、教育家梁启超先生非常善于因材施教，他顺应每个孩子的天性，尊重子女的选择，培育了九个儿女，一门“三院士”，个个皆成才。梁启超在女儿梁思庄考入加拿大麦吉尔大学后，曾写信给她，希望她学生物学，但是梁思庄对生物学无法提起兴趣，于是她把自己的苦恼告诉了梁启超。对此，梁启超并不强求，写信说:“凡学问最好是因自己性之所近，往往事半功倍。你离开我很久，你的思想发展方向我不知道，我所推荐的学科未必合你的适，你应该自己体察做主，用姐姐哥哥当顾问，不必泥定爹爹的话。”得到了梁启超的宽慰和首肯，梁思庄转而学文，并终有成就。可见，梁启超是从人的独特个性的角度来看待孩子教育的，正是由于尊重孩子的兴趣、爱好及选择，使孩子获得了学习的动力。

第六，坚持宽严相济。古代有“严父慈母”之说，很好地反映了父母在家教中所扮演的不同角色。当然，在有些家庭中，家教角色也表现为“慈父严母”。无论何种状况，其实都表现了宽严相济的教子观念。家庭的兴旺，家风的树立，希望均在于培养下一代，养育好子孙。而家教能否成功，很大程度上取决于严与慈是否有机结合。教子既不能过于严苛，也不能溺爱放纵；既不能拔苗助长，也不能放任自流。需要把握好尺度，严而有慈，宽而有度，防微杜渐，循循善诱，引导孩子遵守为人处世的规矩，树立胸怀天下、报效祖国的理想。

《颜氏家训》提出父母既要威严又要慈爱，这样子女才会敬畏，并由此产生亲近感。司马光认为“严”必须讲方法，过于粗暴的严，可能影响亲子关系，导致父母的慈爱也荡然无存。对孩子的“宽”要藏在心底，“严”则显于表面，这样才能收到良好的效果。王夫之在家教中也讲“严”，这种“严”亦非打骂和体罚，而是严格要求，注重以理服人，使子弟能自省之后而改过。

爱子是父母的天性，教子是父母的责任。有些父母一心要给孩子“一个幸福的童年”，不辞辛劳，凡事包办，对孩子百依百顺，养成了孩子坐享其成、骄横跋扈的心理，只知索取，不愿付出，甚至到了大学还不能自立；有些父母望子成龙、望女成凤心切，甘愿做“狼爸”“虎妈”，把“不能输在起跑线上”作为教子的唯一信条，抱着“只要成绩好，其他都无所谓”的态度，不遗余力地进行智力投资，使得孩子虽手握各种才艺证书，却不懂得做人的道理，甚至连对父母起码的尊重都没有，这样对孩子的健康成长有百害而无一利。

清人崔学古的《幼训》一书，专门论述了家教的“爱养”之法。他提出，父母教子，在孩子六七岁时，不问智愚，都应当耐下心来，温言软语，启发诱导，让他们知道读书的好处，不把读书看作苦差事。至八九岁时，年方稍长，可略用教管使其醒悟。至十四五岁邪正相分的关头，更应当循循善诱，逐渐收拢其贪玩之心，专心读书。如果孩子冥顽不灵，行为乖僻，斥责后仍要好言劝谕，让孩子心服口服，知悔能改。如此爱养，才能收水到渠成之功。

溺爱、放纵是许多家长的“通病”，也是一剂“毒药”，这不是真爱，而是加害。历史上一些在政治舞台上很有影响和声誉的人物，在家庭教育方面，却是个失败者。原因主要是对子女过分宠信和溺爱。过分地宠爱孩子，最终不但误了孩子一生，还令全家或族人陷入万劫不复的深渊。

三国时的刘表，少时才智俱佳，与七贤人同称“八俊”，年纪轻轻就被大将军何进任命为司马，然后晋升为荆州刺史，辅佐蒯氏兄弟、蔡瑁，之后更被封为镇南将军、荆州牧、假节，是为武侯。从此成了雄踞荆州的一方诸侯，连曹操都视他为劲敌，由此可见，刘表本人是相当优秀的了。那么，他当了父亲后，有没有教养他的孩子使其同样优秀呢？很遗憾，并没有。他对两个儿子宠溺有加，不是疏于管教，而是根本舍不得去管教。结果，一个儿子成天疑神疑鬼，每天只求如何自保，根本无心习文练武，连一个普通人都比不上；另一个呢，自恃有宠，专横跋扈，无所作为，整天沉迷于声色犬马，打算日后就靠着老父亲过活，最后一事无成，成为草包饭桶。刘表一死，曹操立刻率兵攻打，继位的儿子没有半点原则和底线，二话不说便弃州投降。曹操嘲讽他：“如豚犬耳！”

有一位现代教育学者提出这样的理念：“收起自己的一只手。”这是说，不要什么都帮孩子做，要让孩子自己去做一些事情，直到孩子真的做不了的时候再去帮助他。也不要轻易就给孩子提的问题以解释，要让孩子自己去探索、去思考，家长则要在冷静地思考后给出有教育意义的答案。也就是说，爱孩子，一定要用合适的方式，让孩子懂得所有的获得必须得有付出。对孩子的每一个要求，要给予延迟满足。否则，过分地溺爱会让孩子失去自我成长的能力，以后无法在社会上立足；如果深爱而没有正确的策略，则可能会伤害孩子，使其失去进步的动力。可见，家长爱孩子，一定要在爱中赋予教育，这才是对孩子真正的爱。

宋代的司马光说："为人母者，不患不慈，患于知爱而不知教也。……非他人败也，母败之也。"这是说：做母亲的，应当忧虑的不是对子女不慈爱，而是过于慈爱而不知道去教育他们。所以孩子最后的失败不是别人造成的，恰恰是母亲造成的。司马光指出，母亲爱孩子是应该也是必然的，但一定要在爱之外懂得教育，否则，母爱（指母亲对孩子一味地溺爱）就会成为孩子日后人生失败的一个原因。

第七，培养孩子独立、自主、自理能力。孩子力所能及的事，让他自己做。父母爱子女是人的天性，可一旦溺爱，反而会把一个原本健全的孩子"养废"。父母不可能陪孩子一辈子，要从小培养孩子的独立性，做孩子成长过程中的指导者、协助者，在孩子需要帮助的时候伸出援手，过度包办只会让孩子从小就丧失基本的自理能力。

“扬州八怪”之一的郑板桥，52 岁时得了一个儿子。虽晚年得子，但他从不溺爱。据说，73 岁时，病危的郑板桥将儿子叫到床前，说想吃儿子亲手做的馒头，父命难违，儿子只得勉强答应。可他从未做过馒头，于是向邻家大娘请教，费了很大力气才做好。当儿子高兴地将馒头送到父亲床前时，郑板桥已经断气了。只见案头有张信笺，上面写着父亲的遗言：“流自己的汗，吃自己的饭，自己的事情自己干。靠天，靠地，靠祖宗，不算是好汉。”

无独有偶，民国时期的思想家、教育家陶行知先生也说过：“滴自己的汗，吃自己的饭，自己的事情自己干。”这句话激励着当时一大批年轻有为的青年志士坚持不懈，努力奋斗，最终走向成功。家长只有培养和锻炼子女的自立能力，才能使孩子学会自强、自尊、自爱。

让孩子吃点苦，有利于让他们知道生活的艰辛和赚钱的不容易。现在有的家长习惯把孩子捧在手心里，把最好的条件都给孩子，一点活不让孩子干，一点苦不让孩子吃，总是捧着、惯着，这样只能养出好逸恶劳的败家子。让孩子小时候多吃点苦，不是什么坏事。最好的教育，是让孩子亲自感受一下成人世界的不容易，让孩子懂得困难与艰辛，引导孩子学会勤奋和努力。艰难困苦不但可以激发孩子的潜力，还能磨炼心智，让孩子真正长大成人。

第八，要注重对孩子的心理养育。心理养育比物质抚养更重要。相比于只为孩子提供丰富的物质生活，有效陪伴、促膝交流等对孩子的成长更有益。对孩子的心理养育，包括情感、品德、性格、意志、尊重等，这是孩子健康成长的心理基石，能够决定孩子一生的品格。

孩子往往不是突然变“坏”的，也许在变坏之前，问题早已经成山。曾经见到许多无助甚至绝望的父母，面对自己养大的孩子时，突然发现孩子变得“陌生与可怕”，曾经非常乖巧的孩子突然变得或狂暴，或抑郁，有的甚至自残。这大概率是因为家长没有关注孩子的情绪变化和心理健康，未能及时地解开他们的心结。为此，家长与孩子之间要敞开心扉，学会情绪管理，培养良好的心智、心态和心境。

第九，注重培养孩子的好习惯。孔子说：“少成若天性，习惯成自然。”他认为从小养成的好习惯就像人的天性一样，非常自然，也非常稳定。相反，一旦养成了坏习惯，再想改变就很困难了。家长要抓住孩子成长的关键时期，引导孩子树立规则意识、边界意识，养成好的习惯。一旦养成了好习惯，孩子不仅能懂得边界和敬畏，还能懂得自由、满足和自觉。这也是孩子未来真正走向卓越的基础。

《颜氏家训》里有一句话“教儿婴孩”，是说管教孩子要从小开始，让孩子养成良好的习惯更是如此。很多专家认为，2 ~ 6 岁是孩子养成好习惯的黄金时期。因为 2 岁前，孩子的理解能力和行为控制力较低，家长制定的规矩孩子不一定懂，有时懂了也很难做到。2 岁以后，孩子进入自主探索时期，有了独立自主的意识，也初步具备了判断能力，家长就可以尝试给孩子制定规矩，帮助孩子养成习惯了。6 岁前，孩子对父母是高度认同的；6 岁后，孩子的很多习惯已经养成，这时候再想纠正以前的不良行为，难度很大。所以，千万不要在该给孩子养成好习惯的时候放任不管。

第十，平等地对待每一个子女。父母对于家中的多个子女，常会因各种缘故而产生偏爱。在这种情况下，父母需要用理性来控制自己的情感，谨慎地做出决定。事实上，很多因为漂亮、聪明而得到偏爱、宠溺的孩子，最后反而发展得不顺利。比如，春秋时共叔段惹下的灾祸，就是他母亲对他的偏爱导致的；西汉赵王刘如意惨遭毒害，也是因他父亲刘邦的宠溺所致。刘表死后，其家族的溃败，正是他对幼子刘琮过于偏爱而不喜长子刘琦的结果。袁绍的丧地灭族，也与他宠爱幼子袁尚而疏远长子袁谭、次子袁熙有关。

《颜氏家训・卷一・教子第二》对抚育多个子女提出了一个基本原则——均爱：“人之爱子，罕亦能均；自古及今，此弊多矣。贤俊者自可赏爱，顽鲁者亦当矜怜。有偏宠者，虽欲以厚之，更所以祸之。”意思是：父母都喜爱自己的子女，却很少有能够一视同仁的，从古到今，由此造成的弊端与祸患是非常多的。对于聪慧俊秀的子女，当然可以赏识喜爱；对于顽皮愚钝的孩子，也应当喜爱怜惜才是。父母对待每一个子女要力争“一碗水端平”，给予公平公正的对待。

偏爱给孩子之间人为地制造了不平等和矛盾，导致他们从小产生积怨，因而相互怨恨、争吵甚至争斗，使得家庭再难安宁和睦。

现代社会中的普通家庭虽然已经小型化，但只要是两个孩子以上的家庭，基本就存在着不和的可能。在每一个不和的案例背后，几乎都有父母偏爱的因素在其中：或是爱意的不均，或是父母态度不同，这种矛盾有的在父母去世以后爆发，也有父母在世时就爆发出来的。因此，为人父母者对待多个子女时，必须从小就做到不偏爱，这样才能让每个子女健康成长，学会互相尊重、和睦相处、相亲相爱。

《礼记·大学》说：“所谓齐其家在修其身者，人之其所亲爱而辟焉，之其所贱恶而辟焉，之其所畏敬而辟焉，之其所哀矜而辟焉，之其所敖惰而辟焉。故好而知其恶，恶而知其美者，天下鲜矣。”辟，是偏爱的意思。这段话的意思是：所谓治理好家庭在于修养自身，是因为人们对于他所相亲相爱的对象难免有所偏私，对于他所鄙视厌恶的对象难免有所偏私，对于他所畏惧而尊敬的对象难免有所偏私，对于他所同情、哀悯的对象难免有所偏私，对于他所傲慢、懈怠的对象难免有所偏私。所以喜欢一个人却能了解他的短处，厌恶一个人却能了解他的长处，这样的人天下少有。这段话警示我们，不能用自己的好恶等偏见来对待子女，应做到公平公正，也就是“去辟”。也就是说，我们应该公正、客观地对待每一个子女的优缺点，这是治理家庭的根本原则。

# 第三讲

# 谈谈女子教育的『成』与『败』

在一个社会中，女性被称为“半边天”，约占总人口的一半，女性是一个庞大的社会群体。有人说，“推动摇篮的手，是推动世界的手”。有人说，“一代好媳妇，三代好儿孙”。人们常说，一个好母亲，就是一所好学校。也有人说，一个国家的竞争力，在一定程度上取决于母亲的竞争力。正是因为有千千万万优秀的母亲，培养了千千万万优秀的子女，从而带动了全民素养的提高。

在母亲教育子女的成功范例中，孟母是我们最为熟知的一位，她因“断机教子”而被家喻户晓。为了给孟子创造一个良好的成长和学习环境，她三次迁居，从结果看，孟母的做法显然是成功的。

在中国的传统家庭中，女性担任着相夫教子的任务，在家庭教育中往往起着主导作用。在许多家庭中，母亲对子女的影响往往超过父亲。为此，许多名门望族在选择儿媳妇时，对女性的要求也很高，比如要拥有健康的体魄、温婉的性格、良好的品德等。

我国古代先贤把对女性的教育放在很重要的位置，编写了不少女性读物。东汉的班昭撰写的《女诫》是一篇曾对中国传统女性产生重大影响的著作，全面论述了作为人妇所应遵守的人伦准则和行为规范，教导女性要谨修“妇德”“妇言”“妇容”“妇功”四行。她认为：妇德，不必才明绝异也；妇言，不必辩口利辞也；妇容，不必颜色美丽也；妇功，不必工巧过人也。清闲贞静，守节整齐，行己有耻，动静有法，是谓妇德。择辞而说，不道恶语，时然后言，不厌于人，是谓妇言。盥浣尘秽，服饰鲜洁，沐浴以时，身不垢辱，是谓妇容。专心纺绩，不好戏笑，洁齐酒食，以奉宾客，是谓妇功。此四者，女人之大德，而不可乏之者也。之后，出现了《女论语》《女儿经》《列女传》等女性教育读本。

《红楼梦》大观园中的人物，可以说是“女儿国”，《红楼梦》中的人物多数是女性，金陵十二钗均为女性。因此，女性教育是讲述《红楼梦》中家庭教育的重要部分。《红楼梦》中讲，李纨出生在一个书香门第，从小就读《女四书》《列女传》和《贤媛集》等书。《女四书》分别是东汉女史学家班昭写的《女诫》，明成祖的徐皇后写的《内训》，唐代女学士宋若莘撰写的《女论语》，明末儒学家王相之母刘氏所写的《女范捷录》。《列女传》为西汉刘向撰写；《贤媛集》为南朝宋临川王刘义庆所撰写，是《世说新语》中的一章。在这些女性修养读物中，最系统、最有影响的是西汉刘向撰写的《列女传》，这本传记为中国杰出的女性立传，收集了品行、才学皆优的女性的事迹，为后人树立了学习的榜样。

《红楼梦》第九十二回《评女传巧姐慕贤良　玩母珠贾政参聚散》中贾宝玉与王熙凤的女儿巧姐有一段关于读书的对话：

宝玉道："你认了多少字了？"巧姐儿道："认了三千多字，念了一本《女孝经》，半个月头里又上了《列女传》。"宝玉道："你念了懂得吗？你要不懂，我倒是讲讲这个你听罢。"贾母道："做叔叔的也该讲究给侄女儿听听。"宝玉道："那文王后妃是不必说了，想来是知道的。那姜后脱簪待罪，齐国的无盐虽丑，能安邦定国，是后妃里头的贤能的。若说有才的，是曹大姑、班婕妤、蔡文姬、谢道韫诸人。孟光的荆钗布裙，鲍宣妻的提瓮出汲，陶侃母的截发留宾。"

贾宝玉在这里列举了《列女传》中讲到的才女、贤女、艳女、妒女，基本上把《列女传》的内容讲全了，可见，《列女传》在古代是女性读物。

受制于时代背景，《红楼梦》中的女子教育与男子教育尚不能同日而语。同样是读圣贤书，对男子的家教指向是为官致仕、光耀门庭，是“学而优则仕”，是要成庙堂之器。对女子的家教则是如何相夫教子、勤俭持家。然而无论教育的目的为何，对“女子也应接受教育”这个观点已达成共识。

如《红楼梦》中所述，明清时期涌现了许多女子诗社，诗社不仅是女子进行学习的重要场所，也是开展女子教育的主要社团。《红楼梦》中多次描述的女子争相作诗、赛诗甚至连丫头们都想要学诗的场景，将女子的文学造诣与修养体现得淋漓尽致，也从侧面反映了当时大家世家女子受教育程度之深。这些受过良好家教的女孩子，无论才情还是见识，都很出众，在代理管家期间，也正是她们使已显颓势的贾府平添生机与活力。

在贾府的女孩子中，元春已经早早地被选入宫侍奉皇上，未入宫时，也是由贾母亲自教养的。根据明清时期选秀制度，贾府这样人家的女儿到了一定年纪都需进宫参加选秀，经过层层筛选最终才有资格入宫。自幼便在贾母身边受教养的元春，能够过五关斩六将得以成为皇帝的嫔妃，可见气质、德行都属上佳。在学识方面，书中第十七至十八回写，“**那宝玉未入学堂之先，三四岁时，已得贾妃（元春）手引口传，教授了几本书、数千字在腹内了**”。这几本书、数千字的基础意味着什么呢？意味着连一贯质疑宝玉学业的贾政，在听到宝玉于大观园落成之际写的“命题作文”后，也认为“亦或可取”。由此可见，贾妃元春的文学涵养和知识文化水平是相当高的。而元春自幼得贾母教养，也说明贾母的学养来自史府优秀的家学传统和家庭教化。

二小姐迎春、三小姐探春、四小姐惜春，迎春和探春都不是正室所出，分别是贾赦的妾室周姨娘和贾政的妾室赵姨娘所生。按照规矩，妾室的孩子也要由主母，也就是正室抚养，但因为贾府里的老太君贾母十分喜爱这些孙女，所以这些女子“**都跟在祖母这边一处读书，听得个个不错**”。由此可见，史老太君自己也是能读书习字的，金陵四大家族中的史家，能够让家中女子掌握除了当时女子必须具备的能力外，还能进行一定的文化教育，培养出史老太君这样的大家闺秀，可见史家的家教也不差。这一点，在史湘云身上也有所体现，她虽父母双亡，但论起作诗读书来，却并不输于贾府的众多姐妹，可见史家还是重视女子教育的。这样的家庭出来的女子，自然也不会反对、更不会无视对女子的书本教育。

曹雪芹在《红楼梦》中充分表达了他鲜明的性别平等的观点。他借宝玉的口赞美了女性，说：“**女儿是水作的骨肉，男人是泥作的骨肉。我见了女儿，我便清爽；见了男子，便觉得浊臭逼人。**”由此对封建时代“男尊女卑”的传统观念给予了批判。曹雪芹不但高度赞美女性的外貌，还讴歌了她们的才学、正直、勇敢和抗争，塑造了许多栩栩如生的女性形象。在这一讲里，我们将通过红楼梦中具有代表性的女性人物，分析女子教育的“成”与“败”。

## 一、女子教育之“成”

在《红楼梦》中，第一女主角林黛玉是一个美貌与才华集于一身的女性，她的优秀得益于她的家教，得益于她的父亲林如海悉心的教导。从林黛玉的身上，我们可以看到女子教育的成功之处，首先是立足于早教。林黛玉五岁就开始启蒙。书中第二回写道：“**年方五岁。夫妻无子，故爱如珍宝，且又见他聪明清秀，便也欲使他读书识得几个字。不过假充养子之意，聊解膝下荒凉之叹。**”林黛玉的父亲是探花，是有出息的读书人，知道读书之于人的意义。没有儿子，也并不强求，既然女儿聪慧，那在读书方面，就跟教养儿子一样去教养她。这是一个很宽松、很民主的家庭。尽管林黛玉是女孩子，父亲林如海也没有放松对女儿的家庭教育，五岁左右就开始教她读书写字，并且像教育男儿一样教导她，连《四书》这样的儒家经典都安排上了。

林黛玉是一位才女，她也是一个好老师，精通女子教育之道。《红楼梦》一开始就出现了一个女子：香菱。香菱的命运悲惨坎坷，集旧社会女性悲剧于一身。她从小被拐，长大被卖，明明是一个清白高洁的女儿家，最后却成为薛家的妾，受尽白眼和屈辱。然而就是这样一个姑娘，当她住进犹如人间天堂的大观园后，做的第一件事却是学作诗。

她先是计划近水楼台先得月，想拜宝钗为师，但宝钗婉拒了。在宝钗眼里，女子作诗本就是不务正业、是不该鼓励的事情。她只愿教为人处世的道理和身为女子的本分。

香菱转而去求黛玉。按照读者对黛玉的“了解”，料定黛玉必是不会答应的，毕竟，黛玉是一个会讽刺刘姥姥“母蝗虫”，会因为不想要别人都挑剩下的而将周瑞家的送来的宫花扔掉的女子，她怎么会答应香菱呢？她却偏偏答应了——

且说香菱见过众人之后，吃过晚饭，宝钗等都往贾母处去了，自己便往潇湘馆中来。此时黛玉已好了大半，见香菱也进园来住，自是欢喜。香菱因笑道：“我这一进来了，也得了空儿，好歹教给我作诗，就是我的造化了。”黛玉笑道：“既要作诗，你就拜我作师。我虽不通，大略也还教得起你。”香菱笑道：“果然这样，我就拜你作师。你可不许腻烦的。”

林黛玉教香菱作诗是她这个人物形象最为光耀闪亮的地方，她的诗作创作论尤为令人赞叹。她告诉香菱：要么不学，要真学作诗，就必须找一套经典教材认认真真地训练、感悟，最经典的作品才能夯实基础。所谓“取法乎上”便是这个道理。

当香菱说到“**我只爱陆放翁的诗‘重帘不卷留香久，古砚微凹聚墨多’**”时，黛玉告诫她，“**断不可学这样的诗。你们因不知诗，所以见了这些浅近的就爱，一入了这个格局，再学不出来的**”。她当然不是说陆游的诗不好，而是说香菱选的这首诗过于浅近，虽是名家之作，但并非佳作，是不宜作教材的，若以这样的诗作教材，起点就低了；一旦入了这样的格局，就学不出来了。名家之作，并非都是名作，尤其不可作教材，都要学生认同、接受。这才是黛玉身上的独立思考之才情，她不盲从，不迷信名家名篇，她有自己的判断，并且十分相信自己的判断。

黛玉选择教材的原则是“少而精”。她以唐诗作为首选，唐诗中又以王维、杜甫、李白这三位诗人的作品为先；但她同时也提出，这三位大诗人的作品并非篇篇都适合用来当作教材。黛玉选了王维五言律诗一百首、杜甫七律一二百首、李白七绝一二百首，然后，又在选出的诗作中加上红圈，让香菱去认真研读这些诗篇。这些诗作风格各异，各有千秋，绝大多数都出现在我们当今的语文教材中，属于诗人的经典之作。读完经典，她又选了陶潜、谢灵运、庾信、鲍照等的作品作为辅助让香菱“一看”，以拓宽视野，不故步自封。更难能可贵的是，她注意到了香菱的实际水平：新手、小白，所以她对教材的选择也是基于此。可以说，这样的教育观，贾政从未在宝玉身上施行过。

林黛玉根据香菱的实际情况，对她的诗作始终鼓励有加，使香菱相信写诗并不是什么“难事”，这与贾母说的“对孩子教育总要以鼓励为主，令孩子有信心，才能更好地学习”的观点有异曲同工之妙。她告诉香菱：“若是果有了奇句，连平仄虚实不对都使得的”“词句究竟还是末事，第一立意要紧。若意趣真了，连词句不用修饰，自是好的，这叫作‘不以词害意’。”言简意赅，富有意境和美感。

当然，林黛玉的聪慧不止于此。她天天在大观园里过着闺中女儿的生活，并没有接触到实质的治家理家，那次王熙凤生病请人代理管家，也因为她身体柔弱而选择了其他人，然而她却凭着观察就看出贾府入不敷出的现状，且需要被重视。她也很识时务，懂得察言观色，入乡随俗。初进贾府时，“步步留心，时时在意，不肯轻易多说一句话，多行一步路，惟恐被人耻笑了他去”。第一顿饭默默观察众姐妹的做法，不让自己失礼，足见其冰雪聪明，懂得察言观色。贾母问黛玉念的何书。黛玉道：“只刚念了《四书》。”黛玉又问姊妹们读何书。贾母道：“读的是什么书，不过是认得两个字，不是睁眼的瞎子罢了！”下文贾宝玉问：“妹妹可曾读书？”黛玉便谦虚地说:“不曾读，只上了一年学，些须认得几个字。”可见林黛玉的机敏、谦虚和谨慎。

论及理家之才，她不仅知道“俗物”，更懂“俗事”。比如第二十六回里写老太太差人给林黛玉的院子里送月钱，林黛玉在一旁亲自看着自己院子里丫头的月钱分发：佳蕙听了，跑进来就坐在床上，笑道:“我好造化！才刚在院子里洗东西，宝玉叫往林姑娘那里送茶叶，花大姐姐交给我送去。可巧老太太那里给林姑娘送钱来，正分给他们的丫头们呢。见我去了，林姑娘就抓了两把给我，也不知多少。你替我收着。”林黛玉不仅要清楚自己的丫头每个月多少钱，自己院子里每个月分得多少钱，还要亲自主导月钱的分发。第四十五回中，林黛玉提到了薛宝钗家中有“买卖土地，家里又仍旧有房有地”，可见她对薛家的财产状况也有一个大概的了解。第六十二回里写黛玉道:“要这样才好，咱们家里也太花费了。我虽不管事，心里每常闲了，替你们一算计，出的多进的少，如今若不省俭，必致后手不接。”光是“心里每常闲了”，就能推算出贾府是“出的多进的少”，这样的黛玉，聪慧过人、才华横溢，岂止是一个弱柳扶风，只知风花雪月、为落花而泣的娇小姐呢！

## 二、女子教育之“败”

《红楼梦》既树立了一个成功的女子教育的形象林黛玉，也塑造了如王熙凤、夏金桂等“失败”的女子形象。曾经辉煌一时的王家，对家庭教育是不重视的。对于嫁给贾琏的王熙凤，曹雪芹对她的设定是文盲；嫁到贾府的另一位王家人——贾宝玉的母亲王夫人，从书中的行文描述看，大概也就略通文墨；至于薛宝钗的母亲薛姨妈，跟王夫人是一辈，素养也跟王夫人差不多。这样一看，王家人对女子的家庭教育是缺失的。所以造成了什么样的结果呢——王熙凤见识有限，且自私短视，掌管着偌大一个贾府，却没能从贾母那里学得半点齐家之道。凡事皆从自己的喜好、利益着手，不懂克制私欲与贪念，缺乏同情心和共情力，管理下人刻薄、狠毒，即便年轻时有过些许治家的才能，却因为不识字，导致处理日常事务时还需要专门有人给她念账目。最终，贾府走向衰亡，自己也落得个“机关算尽太聪明，反误了卿卿性命”的结局。

王夫人未曾得到过良好的家庭教育，所以也并不懂得如何对子女进行管教，这一点从她对待宝玉的方式中便能窥见一二。前文中提到“父母之爱子，则为之计深远”，古人又云“慈母多败儿”，贾政对宝玉学业监管上的失败，很大程度上与王夫人的见识浅薄和过于宠溺孩子有关，她不懂得大家族的兴衰成败是需要一代代的好儿女去悉心经营的，她只看到了贾府眼下的富贵，便以为这富贵是会自然延续下去的。

王夫人的妹妹薛姨妈跟王夫人如出一辙，自己家教缺失，亦不知如何管教子女，放任薛蟠胡作非为，游手好闲。幸而薛宝钗有个好父亲，自小就让宝钗读书学习，这才使得薛宝钗在良好的家教中成长。在大家族中，女子教育程度的高低、家风家教的优劣，直接影响着家族的整体水平。

《红楼梦》刻画的女子教育的失败典型是夏金桂。在夏金桂身上，我们可以看到一个低俗、庸俗、狠毒，最终害人又害己的典型，她是一个无德、无才、无智的人，是一个泼妇、悍妇、怨妇，是一个真正庸俗、低俗的人。夏金桂可以说是一个“俗不可耐”的人，是《红楼梦》所刻画的人物中几乎没有半点善性的人，主要表现在如下几个方面。

一是附庸风雅，自作聪明。夏金桂嫁到薛家以后知道薛蟠的小妾叫香菱，一听这个名字她就冷笑道：“只这一个名字就不通。”香菱说这个名字是宝钗起的后：

金桂听了，将脖项一扭，嘴唇一撇，鼻孔里哧了两声，拍着掌冷笑道：“菱角花谁闻见香来着？若说菱角香了，正经那些香花放在那里？可是不通之极！”

于是她把香菱的名字改为“秋菱”。其实，香菱是荷花散发出来的清香，改为秋菱完全没有了荷香的神韵。硬改他人的名字，不但体现了她的心胸狭隘，也反映了她浅陋、霸道和喜好卖弄的俗气。

二是自私自利，刁蛮凶悍。小说第七十九回对夏金桂的出身和性格做了详细的介绍：

原来这夏家小姐今年方十七岁，生得亦颇有姿色，亦颇识得几个字。若论心中的丘壑经纬，颇步熙凤之后尘。只吃亏了一件，从小时父亲去世的早，又无同胞弟兄，寡母独守此女，娇养溺爱，不啻珍宝，凡女儿一举一动，彼母皆百依百随，因此未免娇养太过，竟酿成个盗跖的性气。爱自己尊若菩萨，窥他人秽如粪土；外具花柳之姿，内秉风雷之性。在家中时常就和丫鬟们使性弄气，轻骂重打的。今日出了阁，自为要作当家的奶奶，比不得作女儿时腼腆温柔，须要拿出这威风来，才钤压得住人；况且见薛蟠气质刚硬，举止骄奢，若不趁热灶一气炮制熟烂，将来必不能自竖旗帜矣；又见有香菱这等一个才貌俱全的爱妾在室，越发添了“宋太祖灭南唐”之意，“卧榻之侧岂容他人鼾睡”之心。因他家多桂花，他小名就唤做金桂。他在家时不许人口中带出金桂二字来，凡有不留心误道一字者，他便定要苦打重罚才罢。他因想桂花二字是禁止不住的，须另换一名，因想桂花曾有广寒嫦娥之说，便将桂花改为嫦娥花，又寓自己身分如此。

这段描写了夏金桂从小养成了骄横的性格，爱己烦人，打骂丫鬟。过门之后先是挟制了丈夫薛蟠，使尽手段，制伏薛蟠，薛蟠这个恶人碰到了难缠的恶人，竟对她无计可施。后来又顶撞薛姨妈、宝钗，把家里搞得鸡飞狗跳，不得安宁，可见是个悍妇。

三是不知羞耻，下流放荡。薛蟠因人命官司被定了死罪，在监里等候秋决，她忍耐不住寂寞，与丫头宝蟾设计勾引小叔子薛蝌，对薛蟠全无半点夫妻情分。小说第一百回写道：

若是薛蝌在家，他便抹粉施脂，描眉画鬓，奇情异致的打扮收拾起来，不时打从薛蝌住房前过，或故意咳嗽一声，或明知薛蝌在屋，特问房里何人。有时遇见薛蝌，他便妖妖乔乔、娇娇痴痴的问寒问热，忽喜忽嗔。

她为了引诱薛蝌上钩，又是送东西，又是暗送秋波，甚至动手动脚，可见行为不检点。

四是诡计多端，阴险毒辣。夏金桂还沾染了赌博的恶习，生活方面恣意吃喝玩乐。第八十回写道：

金桂不发作性气，有时欢喜，便纠聚人来斗纸牌、掷骰子作乐。又生平最喜啃骨头，每日务要杀鸡鸭，将肉赏人吃，只单以油炸焦骨头下酒。吃的不奈烦或动了气，便肆行海骂，说："有别的忘八粉头乐的，我为什么不乐！"

夏金桂成了薛家的"破坏王"，把宝钗气哭，把薛姨妈气病，把薛蟠气走。后来，她想用下毒的计谋毒死香菱，却阴差阳错害死了自己，可谓"恶有恶报"。

小说告诉我们"慈母多败儿"。薛蟠和夏金桂两人都出生于富贵之家，又都经寡母从小娇养溺爱，养成了贪图享乐、任性妄为的个性，真是天生的一对"霸王"，正所谓"恶人自有恶人磨"。薛蟠还有点孝悌之心，还有点义气友情，而夏金桂几乎没有半点德行，凶悍、愚蠢、毒辣，不堪至极。

## 三、新时代的女子教育要注重提升综合素质

女性在创造人类文明，推动社会进步中发挥着重要作用。在人类的人口再生产中，女性具有着特殊的价值，做出了特殊的贡献。但在以宗法制度为核心，以父系家庭为细胞的封建社会中，男尊女卑的观念占据主导地位，女性的地位和作用被忽视，女性的人格也不被尊重。在今天的知识经济时代，那种依

靠体力创造财富的状况已经大为改变，女性在诸多领域都可以发挥特殊才干。为此，当今社会要注重提升女性的道德品格、心理素质、科技知识和艺术素养的教育，要让所有的女性都有受教育的权利，不能让女孩成为文盲，要教会女孩做人的道理，成为有出息的人。所以，今天我们更应该积极运用新时代给我们带来的新科技和新知识，加强对女子的教育。具体来说，要注重如下几个方面。

## （一）应给予女孩充分的安全感

现代儿童发展与教育心理学认为，女孩从刚出生到两岁阶段，父母应该给予充分的爱与安全感。这个阶段的父母，不应该将抚养孩子的事情假手于他人，亲力亲为教育孩子将会成为孩子一生的财富。再大一些，一直到开始上学，我们都应该在保证安全的前提下，充分地鼓励孩子去探索周围的世界，以便她能带着自信和勇气去应对充满未知的世界。

当你的女儿成为一名小学生，开始接触到更多的、不一样的人，开始有了比较固定的好朋友，开始在意朋友的态度、看法和意见，并开始渴望得到朋友的认可之时，父母便要慢慢用积极正向的态度告诉她如何择友，如何面对朋友的远离、误解甚至背叛。等到她小学毕业，进了初中，学习的任务逐渐加重，同时也具备了相对成熟的思维去思考更多更深刻的问题，比如，人生的意义、生命的意义、情感的意义等，受到激素的影响，她开始变得有些敏感，并且情绪起伏不定，这时候，作为父母，要比过去更加温柔和细心地关心她，同时也要注意界限，不要过多地干涉这个时候正沉迷于拷问内心的孩子。等到开始为大学做准备时，她的身心又进入了一个新的阶段，可以试问，她准备好要进入成人世界了吗？作为父母有没有对此进行引导？比如是否教会她如何应对可能到来的恋情。

无数的事实告诉我们，儿童时期是否拥有足够的安全感，对孩子的一生都有着深刻的影响。所以父母要尽力、尽早帮女孩建立足够的、充分的安全感。让孩子从小就知道，无论如何，爸爸妈妈都不会离开她、否定她，永远是她坚强的后盾，同时，也要教导女儿学会自我保护，等等。

### （二）教育女孩从小自立自强

女性应自立自强，父母一定要将这个观念深深根植在女孩的内心，成为她性格中的组成部分。父母一定要帮助女儿相信自己的感觉、尊重自己的感受。

虽然当今社会人的观念已经有了很大的改变，虽然男女平等已经取得了相当意义上的成功，但我们还是不无遗憾地看到，提供给女性的成长空间仍有些狭窄，与男性相比仍然存在些许歧视，这也在一定程度上滋长了女性的依赖意识。有人说，找一份好工作，不如找一个好老公。其实，好工作与好老公并不是对立的。一个独立自主的人更容易找到一个好伴侣。今天，家长总是希望女孩干净整洁、文静有礼、学业出众，还要能歌善舞。他们把女孩精心培养成看起来聪明好学、听话懂事的“乖孩子”，却无视她们内心真实的想法和需求，缺乏把她们培养成为积极主动、富有创造性的学习者的意识。

在某种程度上，相对于养育男孩，为人父母者更需要给予女孩更多的自由发展空间，鼓励她们大胆地去探索美丽的大千世界，并且在探索的过程中获得前进的力量。当然，这个“自由”并不是任性妄为、自私自利、粗心大意、冲动鲁莽(不顾自身安全)。在这方面，父母既要为女儿严格把关，又要给予鼓励，让她们广泛地学习、积极地生活，才会让女孩的智力有所增长、技能更加熟练，才会让女孩更加有力量，更加自信而有智慧，内心的平静便会油然而生。

## （三）应当教导女孩以自然为美、追求内在美

爱美是人的天性，女性对美貌的追求尤甚。一个人的外貌在一定程度上取决于遗传。适当的打扮无可厚非，端庄、整洁是对一个女孩的基本要求。作为父母，要更多地引导女孩追求仪态美、才华美、性格美和心灵美。

当下要防止女孩轻率地“整形”和“节食”。根据调查，

如今有40%的少女担心自己的外貌不够好，她们为了减轻体重和改善体形，会严格控制食物摄入量，而这种行为其实是有害的、徒劳的。因为所有的女孩在进入青春期之前，几乎都会有半年时间显得有点儿婴儿肥，同时，为了以后能够健康发育，她们需要摄入足够的雌激素，过分在意体重对女孩的健康没有任何好处。

### （四）引导女孩合理使用电子产品和社交媒体

在家里，你打算让孩子在多大程度上接触电子产品？

过度使用手机会改变家人的相处时间和相处模式。首先，它会大大减少家庭成员之间的交流。开着手机，大家都不免三心二意，无论是说话的人，还是听话的人，都会把注意力集中在手机上。在这种氛围下，没人会想谈重要或有深度的话题。结果，至少在起居室里，夫妻之间没有交流，孩子不会告诉父母他们的心事，导致彼此之间缺少分享。

其次，当电视和手机开着时，即使孩子没有看，只听到手机和电视的声音，也无法专心读书。如果在安静的房间里，蹒跚学步的孩子会自言自语、编故事，假装自己的玩具或玩偶正在进行内容丰富的对话。但是如果电视或手机开着，他们就不会这样做了。孩子注意力持续的时间和想象力的发展都会受到影响。

最后一点，也是每个人都关注的一个问题，就是社交媒体对女孩自我形象的影响。无论是通过杂志、广告牌、互联网，还是日常生活中的其他途径，女孩每天都会接触到大量的女性形象的广告，尤其那些漂亮、妆容精致、时髦、苗条的女性形象。不管是有意识还是无意识地，过不了多久，女孩就会认为女人就应该是这个样子。对自身形象不太满意的女孩会开始不由自主地将自己和这些女性做比较，日久天长，就逐渐对自己的形象丧失信心。用不了多久，就会将自己视作产品，进而将在商店里购买的产品当作“能使自己更好的产品”，至此，这些广告算是大功告成了。受其影响，女孩会认为外表是可视化的东西，比自己的内心感受和具体行为更重要。这样一来，在她们心目中，女性就变成一种被端详的“产品”了。

社交媒体、自拍软件以及不良社交网站都在“助纣为虐”。内心有了以上那种观念会使女孩感觉很糟糕，因为在家里，她们得面对总是对她们的外表感到忧心忡忡的父母，在外面又要在意别人的看法。再加上随处可见的以貌取人的判断标准，女孩会出现心理或行为问题就不难理解了。因此，一定要让女孩有节制地看电视、看短视频，要尽量阅读一些有思想深度、有文化厚度的经典著作。

### （五）父亲在养育女孩过程中不能缺位

想要培养快乐女孩，最重要的是要给孩子一个快乐的童年，不要拔苗助长，人为地限制和缩短孩子的童年时光。妈妈对待女儿更加体贴，可以经常跟她说“悄悄话”。爸爸的角色对女孩的成长也非常重要。父亲刚强、勇敢，有力量、有活力，可以培养女儿柔中有刚的性格。而且父亲是女儿在生活中接触到的第一个男性，通常会影响她对整个男性群体的期待值。大部分女孩会将自己的父亲视作心目中未来伴侣的样子。如果父亲善良，懂得关心别人，尊重母亲，肯花时间陪伴女儿，喜欢和女儿一起玩耍，而不是动不动就大声呵斥，让女儿担惊受怕，便会让女孩感受到良好的男性形象。这样的女孩会对另一半抱有较高的期待，不会轻易被男人打动。研究表明，父亲对女儿的关心就像一把强有力的保护伞，可以有效地避免坏事发生在女儿身上。有了这样的父亲，女孩往往学习成绩会很好，在未来的事业上也会更容易获得成功，而且自尊心强，不会轻易产生不良行为。有一位好父亲，对女孩的成长来说好处很多。因此，父亲在家庭教育中不能缺位，应该努力尽到自己的责任，让女儿获得安全感和力量感。

# 第四讲

# 谈谈隔代教育的『贤』与『愚』

在我国的传统家庭中，祖孙三代共同居住，祖辈承担着教育孙子的责任，祖辈对孙辈的成长有着很大的影响。今天，随着人们生活节奏越来越快，很多年轻父母由于工作繁忙，或没做好抚育孩子的心理准备、知识准备，就把孩子托付给爷爷奶奶或外公外婆照顾，祖父母们开始作为教养孩子的“主力军”冲锋陷阵，这些祖父母自觉地承担起全面照顾第三代的重任。我们把这种由祖辈对孙辈的抚养和教育称为隔代教育。

中国是世界上为数不多的存在“隔代教育”的国家。据调查显示，在我国城镇地区有近五成的孩子跟着爷爷奶奶、外公外婆长大，孩子的年龄越小，与祖辈在一起生活的比例就越高，隔代教育现象越来越普遍。

隔代教育作为一种客观存在的家庭教育形式，对孩子的个性发展有着极大的影响。隔代教育有“利”也有“弊”，关键在于祖辈是否有正确的教育观念和科学的教育方法。从“利”的方面看，祖辈与年轻的父母相比，具有独特的优势，祖辈富有爱心，对孙辈非常疼爱，被称为“隔代亲”，他们有充裕的时间和足够的耐心，更重要的是祖辈具有丰富的抚养和教育孩子的实践经验，对孩子在不同的年龄段容易出现什么问题以及该怎么处理，知道得要比年轻父母多得多。事实证明，许多由祖辈带大的孩子身体素质都比较好，他们在生活适应方面要强于其他孩子。同时，存在一定的“弊”，由于祖辈的生活方式、知识结构、价值观念、教育方式等与年轻一代多少会有差别，再加上老人在生理与心理上也有独特性，以致在对孩子进行教育时，对孩子的个性发展多少会有一些负面影响。因此，隔代教育是否能成功，关键在于祖辈要知道怎样善用其长，避其所短，能在发挥其教育优势的同时，克服种种负面影响，让孩子在现有的家庭教育模式下得以快乐、健康地成长。

《红楼梦》中塑造了刘姥姥和贾母这两位奶奶的形象，由于她们在家庭教育中扮演的角色不同，使用的方法不同而造成了“贤”与“愚”的差别。在这一讲里，我们将对这两位奶奶的教育观念、态度和方法分别进行分析，以认识隔代教育的“贤”与“愚”，并从中获得启示。

## 一、刘姥姥之“贤”

隔代教育的好坏，关键取决于祖辈的人格魅力、关爱儿孙的家庭情怀以及自身的知识及能力。《红楼梦》中描述的刘姥姥是一个乡下的老太太，虽然识字不多，但她的身上却具有中华传统美德中勤劳、节俭、机智、感恩的品格。她注重言传身教，用自己的一言一行影响子孙，对孙子板儿严格要求。她四进贾府，每次都带着板儿，让他增长见识，又教他如何为人处世。她在关键时刻挺身而出，救出了凤姐的女儿巧姐，是一个有情有义的人。刘姥姥是一个通晓人情世故的人，为了子孙的生存，不惜放下身段向他人求助。从刘姥姥身上，我们可以看到其“贤慧”之处。

首先，我们能看到刘姥姥具有很强的家庭责任感。刘姥姥作为家中的最长者，当家中遇到困难时，勇于挺身而出。刘姥姥第一次出场是在第六回：

这小小之家，乃本地人氏，姓王，祖上曾作过小小的一个京官，昔年与凤姐之祖王夫人之父认识。因贪王家的势利，便连了宗认作侄儿。那时只有王夫人之大兄凤姐之父与王夫人随在京中的，知有此一门连宗之族，馀者皆不认识。目今其祖已故，只有一个儿子，名唤王成，因家业萧条，仍搬出城外原乡中住去了。王成新近亦因病故，只有其子，小名狗儿。狗儿亦生一子，小名板儿，嫡妻刘氏，又生一女，名唤青儿。一家四口，仍以务农为业。因狗儿白日间又作些生计，刘氏又操井臼等事，青板姊妹两个无人看管，狗儿遂将岳母刘姥姥接来一处过活。这刘姥姥乃是个积年的老寡妇，膝下又无儿女，只靠两亩薄田度日。今者女婿接来养活，岂不愿意，遂一心一计，帮趁着女儿女婿过活起来。

因这年秋尽冬初，天气冷将上来，家中冬事未办，狗儿未免心中烦虑，吃了几杯闷酒，在家闲寻气恼，刘氏也不敢顶撞。因此刘姥姥看不过，乃劝道：“姑爷，你别嗔着我多嘴。咱们村庄人，那一个不是老老诚诚的，守多大碗儿吃多大的饭！你皆因年小的时候，托着你那老家之福，吃喝惯了，如今所以把持不住。有了钱就顾头不顾尾，没了钱就瞎生气，成个什么男子汉大丈夫呢！如今咱们虽离城住着，终是天子脚下。这长安城中，遍地都是钱，只可惜没人会去拿去罢了。在家跳塌会子，也不中用。”

狗儿听说，便急道：“你老只会炕头儿上混说，难道叫我打劫偷去不成？”刘姥姥道：“谁叫你偷去呢。也到底想法儿大家裁度，不然那银子钱自己跑到咱家来不成？”狗儿冷笑道：“有法儿还等到这会子呢。我又没有收税的亲戚，作官的朋友，有什么法子可想的？便有，也只怕他们未必来理我们呢！”

从这一段话中可以看出刘姥姥的脾气秉性。一是务实。她认为，既然生为庄稼人，那就接受现状，不要好高骛远，也别怨天尤人，老老实实种地，有多大的本事就吃多少饭。二是目光敏锐。虽然身为庄稼农妇，没见过什么世面，但能一眼看出天子脚下谋生的路更多。三是积极进取。认为只要肯钻研，不愁没出路。四是懂谋划。她批评女婿“今朝有酒今朝醉”，手里有钱了就花掉，不懂得量入为出。

小说写了富家和农家的差别，一边是贾府极尽奢华、贪图安逸；一边是庄稼农户踏实谋生、计划筹谋。由于刘家生活艰难，再不想办法恐难以度过那个寒冬。刘姥姥认为，在这种困难的时刻，不能把时间花在抱怨和沮丧上，她的个性非常“务实”，能坦然面对生活中的艰难困苦。而且女婿有王家这样一门贵亲，而且亲家还帮过王家二小姐、如今的贾府二太太，那么就赶紧“利用”起来，先渡过眼前的难关，再谋划将来。

女婿好面子，高不成、低不就，不愿意去豪门碰钉子。刘姥姥不在意——只要结果是好的，过程中委屈一点又如何呢？只要能让一家子把眼前这道难关挺过去，就算是在豪门那里碰了钉子又如何？更何况，不试一试，怎么知道行不行呢？“务实”的刘姥姥不仅看问题很透彻，还是个说干就干的行动派。所以她跟女儿女婿头天晚上商量好，第二天一早便出发了。

她虽然不懂得豪门贵族的诸多规矩，但对人情世故却是通晓的。她见到了王夫人的陪房周瑞家的，没有扭捏半天却不说明来意，也没有一上来就直愣愣地说要找贾府借钱。她先表达了对周瑞家的记挂，然后说要是能带着见一见王夫人当然是好的，要是实在不能，那也没关系。可是，周瑞家的是王夫人的陪房，在贾府正是春风得意的时候，怎么会办不到呢？刘姥姥大老远来，当然不希望空手而归的，怎么会那么轻描淡写地说“**若可以领我见一见更好，若不能，便借重嫂子转致意罢了**”呢？因为她知道周瑞家的想要显摆的心思，她也知道要是周瑞家的连这个忙都帮不上，那回去被乡亲熟人知道了是很没有面子的事，所以她故意这样说。简明扼要、逻辑清晰，刘姥姥果真“粗鄙”吗？一点也不。她不仅不粗鄙，反而内心细腻。

凤姐给刘姥姥的二十两银子，对凤姐而言不过是举手之劳，名为救济，实为施舍，刘姥姥未必不懂这一点，可在刘姥姥看来，甭管是救济还是施舍，这二十两银子几乎相当于自己一家人一年的“收入”，是能实实在在帮到忙的，所以，刘姥姥“千恩万谢”。她不光感谢王熙凤，还感谢带着她去见王熙凤的周瑞家的。

自己本就艰难，好不容易豁出一张老脸去豪门大院借钱，借到了钱后还不忘记留下一块银子给周瑞家孩子们买果子吃。

刘姥姥固然精明，但依旧保有庄稼人的朴实。有人帮了自己，一定记得给予回报。刘姥姥是一个能说会道、会讲故事的人，在贾府，她得到了贾母、王熙凤、宝玉等诸多人的喜欢。

其次，刘姥姥精通人情世故。这二十两银子帮助刘家平安地度过了那个冬天。当春暖花开的时候，刘姥姥又去贾府了。这一次她不是借钱，而是去送东西。第三十九回中，刘姥姥又一次到了贾府。因为那二十两银子，刘家当年得以多打了两石粮食，还收获了丰盛的蔬菜瓜果。刘姥姥特意留着品相最好的给贾府拿去，一拿就是两条口袋。看到平儿了，“**忙跳下地来**”问好，丝毫不怠慢。这一段描写令人十分感慨。贾府前后“借”出去的银子，恐怕还是头一次见有人来“还”，尽管只是一些瓜果蔬菜，却体现了刘姥姥内心的深情厚谊，也许正是这一点打动了凤姐，才有了凤姐后面的挽留——“**大远的，难为他扛了那些沉东西来，晚了就住一夜明儿再去**”；才有了凤姐当真用了刘姥姥给自己女儿娶的名字——巧姐，也才有了最后向刘姥姥托孤的举动。

刘姥姥这一次来贾府，见到了贾母，称呼贾母为“老寿星”，贾母回应她为“老亲家”——一个是寒门农妇，一个是高门显贵，说起话来都是八面玲珑，行起事来却又实在亲切。贾母想听听不一样的故事，刘姥姥便搜寻一些乡野逸闻，这中间少不得要察言观色：**那刘姥姥虽是个村野人，却生来的有些**

见识，况且年纪老了，世情上经历过的，见头一件贾母高兴，第二件这些哥儿姐儿们都爱听，便没话也编出些话来讲。先是讲了一个抽柴草的故事，还没讲完就赶上旁边屋子着火了，贾母觉得这个故事不祥，便不想听下去，刘姥姥连忙换了一个玉皇大帝送子的故事。这个故事“实合了贾母王夫人的心事，连王夫人也都听住了”。

在这一回里，刘姥姥成了贾府上下的“开心果”。先是被凤姐戴满了头花，众人大笑；然后因为执意要走小道结果摔了一跤，众人大笑；凤姐和鸳鸯商议想拿刘姥姥当“篾片相公”——旧时依附于富贵人家，为主子帮闲凑趣的人，刘姥姥同意了，于是宴席上配合凤姐、鸳鸯故意做出种种夸张的言行，众人再次大笑。前两次众人取笑刘姥姥，刘姥姥未必不知道，然而她并不以为意。她已经知道贾母——这府上地位最尊崇、最德高望重的人——不是那等嫌贫爱富的人，她心里也有想要将这门“亲”继续走下去的想法，然而贾家如此富贵，次次接济，她除了自己种的新鲜蔬菜，并没有什么能拿得出手的东西给以回报，所以，能逗贾母开心也不失为一种回馈。况且，在务实且率直的刘姥姥眼里，“咱们哄着老太太开个心儿，可有什么恼的”！“不过大家取个笑儿”，是啊！刘姥姥要是真在意虚头巴脑的面子，她大概率还跟着女儿女婿一起在家里怨天尤人呢，很有可能在那个冬天就饿死了。务实而率直的刘姥姥心里明白得很，生活不是场面、不是虚荣、不是面子，生活就是要口中有粮、家有余钱、手里有活，能这样操持家里，才算得上“贤”。

最后，刘姥姥还是一个知书达理的人。还是在这一回里，我们看到，该有的礼数，刘姥姥是应有尽有。通过第一次去，她已经记住了平儿的身份，虽然平儿“只不过是个有些体面的丫头”，却是管着这个家的主人身边的丫头，所以“忙跳下地来”给平儿行礼。即使见到了贾母，感觉到了贾母的善意，但贾母问她话，她还是“忙立起来”回答。凤姐和鸳鸯跟她商议想一起哄着老太太开心，刘姥姥二话不说就答应了。看到凤姐和李纨两位儿媳妇等大家都吃完了方才坐下来吃，就感叹“礼出大家”。但读者却很难从刘姥姥对贾府上下的“尊敬”中读出溜须拍马、曲意逢迎。因为这的确是刘姥姥对平儿、对贾母发自肺腑的感激与尊敬。如果将刘姥姥的这些行为简单地解读为故意讨好以获得更多的利益，那么便不会有她后来仍去探望已经败落的贾家人并毅然搭救凤姐的女儿巧姐了。

第二次进荣国府，刘姥姥在这如同画上画的宫殿一般的园子里住了两三天，且说刘姥姥带着板儿，先来见凤姐，说：“明日一早定要家去了。虽住了两三天，日子却不多，把古往今来没见过的，没吃过的，没听见过的，都经验了。难得老太太和姑奶奶并那些小姐们，连各房里的姑娘们，都这样怜贫惜老照看我。我这一回去后没别的报答，惟有请些高香天天给你们念佛，保佑你们长命百岁的，就算我的心了。”知恩感恩的心，朴实真切的愿，多么感人！贾府风光数代，想要求得贾府庇护的人万万千，反过来想要为贾府做点什么的却极为罕见。刘姥姥力所能及的回报也不过是拿些新鲜蔬果，日日为贾府祈福。贾雨村也前后获贾府恩情数次，他又是如何对待恩人的家人的呢？

刘姥姥还是一个心地善良、乐于助人的人。刘姥姥自知粗陋，跟贾府的这些太太奶奶相比是下等人，甚至不能跟贾府里有些体面的丫头比。可在刘姥姥看来，这并没有什么值得羞愧的。凤姐向刘姥姥请教送祟之事，刘姥姥坦然回应：

“小姐儿只怕不大进园子，生地方儿，小人儿家原不该去。比不得我们的孩子，会走了，那个坟圈子里不跑去。一则风扑了也是有的；二则只怕他身上干净，眼睛又净，或是遇见什么神了。依我说，给他瞧瞧祟书本子，仔细撞客着了。”

第四十二回，凤姐想请刘姥姥给自己女儿取个名字，刘姥姥也欣然应允：

凤姐儿笑道：“到底是你们有年纪的人经历的多。我这大姐儿时常发病，也不知是个什么原故。”刘姥姥道：“这也有的事。富贵人家养的孩子多太娇嫩，自然禁不得一些儿委屈；再他小人儿家，过于尊贵了，也禁不起。以后姑奶奶少疼他些就好了。”

凤姐儿道：“这也有理。我想起来，他还没个名字，你就给他起个名字。一则借借你的寿；二则你们是庄家人，不怕你恼，到底贫苦些。你贫苦人起个名字，只怕压的住他。”刘姥姥听说，便想了一想，笑道：“不知他几时生的？”凤姐儿道：“正是生日的日子不好呢，可巧是七月初七日。”刘姥姥忙笑道：“这个正好，就叫他是巧哥儿。这叫作‘以毒攻毒，以火攻火’的法子。姑奶奶定要依我这名字，他必长命百岁。日后大了，各人成家立业，或一时有不遂心的事，必然是遇难成祥，逢凶化吉，却从这‘巧’字上来。”

刘姥姥不卑不亢，坦坦荡荡，不以家贫为耻，人穷却并不志短。自己老老实实种地，有多大本事吃多少饭；对于贾府的接济牢记于心，有多大能力就还多大恩情。贾府的善，刘姥姥记在心里；刘姥姥的好，贾府也看在眼里。第四十一回《怡红院劫遇母蝗虫》写了刘姥姥不仅再一次获得贾府的接济，还额外得了贾府的一百两银子，这一百两预示着贾府正式认了刘家这门亲，这是高门大户对寒门小户的善举，也是回报刘姥姥的朴实与真诚。刘姥姥从未将别人的善视为理所当然，所以她先是说“不敢多破费了。已经遭扰了几日，又拿着走，越发心里不安起来”。又听平儿说了劝慰的话，就念一句佛，已经念了几千声佛了。又见平儿也送她这些东西，又如此谦逊，忙念佛道：“姑娘说那里话？这样好东西我还弃嫌！我便有银子也没处去买这样的呢。只是我怪臊的，收了又不好，不收又辜负了姑娘的心。”

刘姥姥是一个懂得感恩、有智谋的人。王熙凤是一个很能干的人，她可能也没有想到，她曾经给予施舍的人，却是她可以托孤的人，最后帮了她一个大忙，让她放下心中的一块大石头。第一百一十三回《忏宿冤凤姐托村妪》，是刘姥姥第四次进贾府。刘姥姥这次进贾府，早已物是人非。刘姥姥虽然久居乡下，对贾府被抄家这样一件大事还是有所听闻。刘姥姥要是一个势利俗妇，这个时候必定唯恐避之不及，显然她不是，她偏要逆流而上。她是这样说的：“我们若不仗着姑奶奶”，“他（指青儿）的老子娘都要饿死了。如今虽说是庄家人苦，家里也挣了好几亩地，又打了一眼井，种些菜蔬瓜果，一年卖的钱也不少，尽够他们嚼吃的了。这两年姑奶奶还时常给些衣服布匹，在我们村里算过得的了。阿弥陀佛，前日他老子进城，听见姑奶奶这里动了家，我就几乎唬杀了。亏得又有人说不是这里，我才放心。后来又听见说这里老爷升了，我又喜欢，就要来道喜，为的是满地的庄稼来不得。昨日又听说老太太没有了，我在地里打豆子，听见了这话，唬得连豆子都拿不起来了，就在地里狠狠的哭了一大场。我和女婿说，我也顾不得你们了，不管真话谎话，我是要进城瞧瞧去的。我女儿女婿也不是没良心的，听见了也哭了一回子，今儿天没亮就赶着我进城来了。”

她先是听说“动了家”，几乎“唬杀”，后来又听说不是，这才放心。从这里可以看出，刘姥姥一直惦记着贾府众人，不然不会源源不断地听到贾府那么多消息。比如，后面很快又听说老爷升了，心里高兴，觉得可以去道喜，但庄稼正是农忙的时候，离不开人。她第二次到贾府时说自己75岁，这一次想必已近杖杖之年。可她仍在地里干活，不仅在地里干活，还是重要的劳动力，地里要是缺了她，很有可能就人手不足，影响秋收了。对这样的劳动她视为寻常，一直“老老实实种地”，而不因为这两年有贾府的帮衬，自己的日子好过了，就懈怠享福去了，恰恰相反，借着有贾府帮衬的机会，赶紧多努力，为将来多存一些保障。所以，70岁的刘姥姥不仅没有“躺平”安享晚年，反而和从前一样，有多大力气就出多大力气。直到听说贾母去世了，才无论如何一定要去一趟。头天晚上听说，第二天一早就到了。

刘姥姥第四次进贾府，赶上邢夫人及贾环、贾芹等一干狠舅奸兄，趁着贾琏、贾政不在，要把凤姐之女巧姐卖掉挣一笔钱，看着王夫人和平儿无计可施，受了先前凤姐托孤之请的刘姥姥显示出庄稼人的智慧，说“这上头的方法多着呢”，她用计谋破了邢夫人等的如意算盘，将巧姐“装作青儿（刘姥姥的外孙女）模样”，悄悄带回乡下，冒险解救了巧姐。到了自己庄上，虽然贾府昔日的荣光不再，可刘姥姥并没有因此轻慢巧姐，而是“打扫上房让巧姐平儿住下。每日供给虽是乡村风味，倒也洁净”。一直到最后，刘姥姥也没有忘了贾府，时常差遣自己孩子进城打听。得知贾府上下又官复原职，二话不说，没有分毫贪恋，马上将本就属于贾家千金的巧姐送还给贾府。此为刘姥姥的深明大义。

这就是曹雪芹笔下的刘姥姥，家徒四壁，身处底层，大字不识，粗鄙不堪，可身体里却流淌着无比高贵与良善的血液，而且将这高贵与良善身体力行、言传身教，悉数潜移默化地传给了下一代。她批评女婿狗儿句句在理，她独闯豪门，不惜忍辱救济寒门之家。她放得下、接得住，低而不卑，野而不鄙，她懂大局、识大体、有智慧、懂感恩。

除了言传身教，刘姥姥对孙子板儿的要求是很严格的，初进贾府时板儿见“桌上碗盘森列，仍是满满的鱼肉在内，不过略动了几样，板儿一见了，便吵着要肉吃，刘姥姥一巴掌打了他去”。可见刘姥姥对孙子板儿的教育是“严”字当头的。正因为如此，后来当板儿当了家后，能独自承担起家庭的重担。

## 二、贾母之“愚”

贾母在贾府中被称为“老祖宗”，是贾府中的“太上皇”，即家族中的“第一把手”，贾府的衰败她应当负主要责任。

第一，贾母缺乏远见以及作出正确决策的能力。作为贾府中的“第一把手”，应当有忧患意识，认真地谋划未来，为家族的发展把握大方向，防范可能出现的危机。可惜的是，她什么也没有做，得过且过，当危机到来时，手足无措，吓得魂不附体，落得“忽喇喇似大厦倾，昏惨惨似灯将尽”的下场！

贾母把主要的时间和心思放在享受上，可以说是一个享受型的祖辈。她是一个很会享乐的人，三天两头举办宴会，经常找乐，如听音乐、看戏，她很会吃喝玩乐。这些享乐行为为后辈所效仿，在贾府形成了享乐之风。

第二，对儿孙过度溺爱。尤其是她对宝玉的溺爱，使宝玉变成了一个“巨婴”。在《红楼梦》全书出现的几百个人物中，互为祖孙关系的不少。奴辈的不说，光就主子而言，就有贾母与贾琏、贾珠、贾元春、贾迎春、贾探春和贾环；贾赦、邢夫人与贾巧姐；贾政、王夫人与贾兰；贾敬与贾蓉；以及次一等的主子贾代儒夫妇与贾瑞等。但我们看到，在众多对祖孙关系中，唯有贾母与贾宝玉这一对祖孙最为亲近。即使贾母对许多嫡孙与非嫡孙，看似都非常喜欢，但对宝玉一人也是极为特殊，近乎缺乏理性。这一点从对其称呼就可以看出来，他们一老一小，却同被称为“老祖宗”和“小祖宗”。“老祖宗”与“小祖宗”拥有的下人大大多于别人，且彼此差距较小：贾母房内光是享月例一两银子的大丫头就有八个（袭人后来给了宝玉），宝玉虽原无月例一两银子的丫头，却有除袭人外的**“晴雯、麝月等七个大丫头……佳蕙等八个小丫头”**。外加男仆李贵和茗烟等小厮十名。贾母对宝玉的娇宠、溺爱是很明显的。贾母溺爱宝玉，担心宝玉身边没有竭力尽忠之人，于是割爱将袭人给了宝玉；贾府唯一的一件乌云豹的氅衣也给了宝玉；宝玉出门看爆竹，贾母是千叮万嘱，生怕宝玉磕着碰着；当贾政教育宝玉时，宝玉害怕，便拉着贾母撒娇。贾母道：**“好宝玉，你只管去，有我呢，他不敢委屈了你。”**贾政教训儿子，痛打宝玉，惹得贾母大怒。一味的溺爱和无原则的袒护，让宝玉放纵了自己，养成了一切以自我为中心的品性，丧失了独立生活的能力，成为贾府中的一个“富贵闲人”。

贾宝玉所受的家庭教育，一方面是贾政冷酷的讥讽与棍棒教育，另一方面是贾母和王夫人的呵护与溺爱。在这样矛盾和不当的教育方式下，贾宝玉最终迷失了自己的人生方向，丧失了生活能力和应对挫折的能力。

贾母与宝玉祖孙之间为何会存在隔代亲呢？这样到底是好是坏呢？让我们分别从自然的因素和社会的因素进行分析。

第一，贾母对宝玉有一种天然的喜欢。人与人之间相处时往往有一种说不出的天然氛围，存在一种十分隐秘而微妙的感情。宝玉因衔玉而生，相貌俊朗——面若中秋之月，色如春晓之花，贾母一看到他就喜欢、怜惜。宝玉不仅长得好，而且遗传了祖辈的长相，故能牵动贾母思念亡夫的情丝。在《红楼梦》第二十九回中，清虚观内的张道士曾当着宝玉的面向贾母赞道：“**我看见哥儿的这个形容身段，言谈举动，怎么就同当日国公爷一个稿子。**”贾母也说：“**正是呢，我养这些儿子孙子，也没一个像他爷爷的，就只这玉儿还像他爷爷。**”宝玉貌肖其祖，让贾母深觉血缘关系的亲近感，由此而激起了自然感情，因此，对宝玉倾注的偏爱使别的孙辈望尘莫及，这种溺爱也引起了其他子孙的忌妒，造成了他们之间的不和。

第二，贾母对宝玉的溺爱，是一种情感选择。一般而言，人一步入老年，智力、精力减弱，便不得不从打拼事业的地位中撤出，闲时、闲钱、闲心多了，便有很多时间与年岁不大的孙辈相聚，因为“无聊”，他们也极乐于以自己的余热去温暖孙辈的心；因为是“过来人”，眼下又在安享晚年，所以对孙辈往往抱着较为宽容的态度，并不急切地望孙成龙、成凤；因为年老而难以控制自己的情感，他们的精神世界，只求快乐。俗话说“返老还童”，再加上“日近日亲”这一人际交往的空间距离效应，祖孙辈聚首，大多是其乐融融的。祖辈的这种心态，可以说是隔代亲现象存在的心理原因。

第三，贾母对宝玉溺爱的结果，体现了隔代教育的弊端。贾母所生二子中，贾赦虽长，但“为人中平”，沉迷于吃喝，贪财好色，贾母不喜欢。次子贾政，却“**自幼酷喜读书，祖、父最疼**”。荣国公贾源与贾政亦似隔代亲，他不仅钟爱贾政，还对贾政的仕宦之途特意做了安排：“**要他从科甲出身。**”在我国封建社会，“母以子贵”，假如儿子位高权重，地位显赫，他的母亲在家族中便会身价倍增。由此，贾母对次子贾政要比对长子贾赦偏爱，一反常规地依贾政这房而居，因喜欢贾政，喜欢及孙而溺爱宝玉，也是很自然的心态，再加上居室相近，日日见面，在心中与那些不常处的孙辈相比，便显得有了亲疏的区别。

贾母对宝玉的娇宠，导致了贾府中人对他的迁就纵容。凡是宝玉想要的，贾母、王夫人无不满足他，偶有违拗，他便钻在贾母怀中，两声“老祖宗”一叫，便可达目的；惯于见风使舵的管家奶奶王熙凤，对他更是宠爱有加；元春、迎春、探春、惜春以及亲戚薛宝钗、林黛玉、史湘云众姐妹无不对他呵护备至；侍奉的奶妈、丫鬟、婆子及随行的小厮十数人，从端茶送水、穿换衣服，到半夜起夜都一一侍奉。宝玉吃喝拉撒睡、身体健康与否、心情是否愉快，在祖母、母亲那里都是一件大事。在贾府中，宝玉俨然就是小皇帝，凡事为所欲为：身体稍有不适即告假不上学；不读书时在内宅任意喝酒玩乐；一有烦闷，众人便想方设法逗他开心；稍有难事，众人便齐心帮他，如贾政从外地回来了，势必要检查宝玉的功课，众姐妹便主动帮宝玉代写作业一大堆，黛玉一沓，探春一沓，宝钗一沓。

祖母的骄纵、众人的宠爱，使得贾宝玉养成了衣来伸手、饭来张口的习惯，形成了以自我为中心的性格：众人皆为我服务，凡事自有他人顶着，自己无须担责。宝玉成了贾府中的“富贵闲人”，成了一个无所事事的人。从表面上看，贾母对宝玉是爱，其实是害，所有对宝玉的“加害”，都是在爱的名义下进行的。从结果看，贾母的隔代亲、隔代教育是愚蠢的、失败的，也是不可取的。

对于贾府内其他子孙，贾母也多有纵容。在宁、荣两府中，存在着赌博、纵酒、偷鸡摸狗等不良现象，对此贾母心如明镜，但也只是睁一只眼闭一只眼，任其蔓延滋长。小说第四十四回《变生不测凤姐泼醋》中，贾琏与鲍二的老婆鬼混，被凤姐抓住，大闹到贾母处，贾母只是轻描淡写地说：“什么要紧的事！小孩子们年轻，馋嘴猫儿似的，那里保得住不这么着，从小儿世人都打这么过的。”贾母的纵容使得贾琏胆大妄为，纵容无度，家中已有漂亮的凤姐、小妾平儿还不满足，仍偷娶尤二姐，出轨鲍二家的、多姑娘，还接受贾赦送的小妾秋桐。贾母对子孙不良的行为缺乏管教，失之过宽，导致不正家风的滋长、蔓延，为此可以说，贾府的衰败，贾母是第一责任人。

## 三、新时代隔代教育的方法

今天，随着就业方式的改变，许多欠发达地区的青壮年到城市打工，把孩子留给祖辈教养。在城市，青年人忙于工作，为事业而拼搏，也多数让老人帮忙带孩子。在幼儿园、学校门口，常常可以看到满头白发的老人接孙子，有的退休老人戏说，“没有孙子盼孙子，有了孙子成了孙子”。隔代教育是时代的产物，从刘姥姥与贾母两代人的隔代教育中，我们可以吸取经验，提高认识。概括起来，要注意如下几个问题。

第一，要准确定位，帮忙而不代替。教育子女的第一责任人是父母，理当由父母当主角，作为祖辈，只是配角，是帮忙，切不能越俎代庖。隔代教育只是亲子教育的补充而不应替代。缺少父母的照料，子女会有自卑和不安全感；缺少父母的关心，孩子会缺乏幸福感和亲切感。父母在孩子教育中的缺位，会导致孩子在前途的选择、性格的形成、人际关系的沟通方面产生障碍。祖辈要记住，只要孩子的父母能为孩子做的事，自己就不要抢着做，要尽量把照顾孩子的机会留给他们的父母。如果孩子的父母由于工作忙或其他原因疏忽了孩子，老人要多多提醒他们，平时可以常对他们说："知道你们很忙，上班时不能带孩子，但回到家里，你们总该多腾出一些时间和孩子相处吧！"引导子女不要把孩子的教育权、抚养权完全交给祖辈代理。

第二，祖辈和父母在教育上要保持一致。一般来说，孩子喜欢在祖辈面前撒娇，而在父母面前则比较收敛。孩子之所以会这样，是由于有"严父辈""慈祖辈"导致的。父母教育孩子时，祖辈不要随意干预，应尽可能与父母保持一致。如果教育孩子时，祖辈站在孩子父母的对立面，则会抵消教育效果。在《红楼梦》中，贾政对宝玉提出的要求，如果宝玉不喜欢，贾母便给予庇护，这导致宝玉有恃无恐。实际上，贾政已经丧失了教育的权利。作为祖辈要清楚自己的角色，做好该做的事情，只说该说的话，在教育子孙的目标、方法上与父母保持一致。

第三，慈爱与严管并重，慈爱却不溺爱。智慧的爱能使孩子富于理智，愚昧的爱只会毁掉孩子。一个合格的祖辈，首先要分清慈爱与溺爱的界限，慈爱是蜜糖，溺爱是毒药，慈爱是智慧之爱，溺爱是糊涂之爱。祖辈最容易溺爱孩子，合格的祖辈能让慈爱化为孩子成长道路上的强大动力。溺爱只能使孩子丧失理智，毁掉孩子。真正的爱是在管教中的爱，真正的管教是能体现爱的管教。

第四，要舍得让孩子吃苦头，培养孩子的独立自主能力，放手而不放任。俗话说得好：“儿孙自有儿孙福，莫为儿孙做牛马。”只有吃过苦，才知道什么是甜。“苦其心志，劳其筋骨”是孩子成长的必修课。祖辈和父母只能为孩子遮挡一时风雨，不如趁早教会他们自行抵御风雨的能力。路在脚下，终究要靠孩子自己去走。祖辈要学会放手，有意识地让孩子从小吃点苦、受点罪，跌几个跟头，不但能培养孩子百折不挠的毅力，更能让孩子从挫折中锻炼自身，才能在长大后面对生活中的各种困难和失败时，拥有积极的心态和不惧失败的勇气。

现代社会中，年轻的父母多数处于事业发展的黄金期，平时大都由祖辈带孩子，爷爷奶奶就任其为所欲为，包办过多、过细。孩子就像《红楼梦》中的贾宝玉一样，处于饭来张口、衣来伸手的环境中，导致只知自我享受，不知关爱他人，更不知父母工作的不易、生活的艰辛。

著名教育家陶行知先生曾提出“生活即教育”的观念，即生活教育是给生活以教育，用生活来教育，为生活向前向上的需要而教育。因而，生活中应注重培养孩子的参与意识和实践能力，由孩子自己来完成力所能及的事，如穿衣、吃饭、背书包等，爷爷奶奶不要代劳。同时，简单的家务劳动如整理床铺、打扫卫生、做饭刷碗等，都可以尝试让孩子完成。随着孩子的成长，要给孩子一个“岗位”，相应的年龄段要承担相应的家务。这样，孩子的参与意识和责任意识才能逐渐增强。

第五，祖辈对孩子要多指导，少唠叨。人老了，都有爱唠叨的毛病。唠叨往往含有责怪、批评的味道，是一种反复单调的刺激；而指导往往是亲切的、言简意赅的，有利于孩子在心情舒畅的前提下独立思考。祖辈没必要规定孩子应该做什么，而应该放手让孩子自己去做。孩子做好了要及时鼓励，没做好也要耐心地帮他分析原因，鼓励他，切忌不停地唠叨和抱怨。

# 第五讲

# 谈谈缺憾家庭家教的『得』与『失』

缺憾家庭家教是指存在缺陷和遗憾的家庭中的教育。如有的孩子成长在单亲家庭或亲戚家庭，有的成长在父母长期的争斗环境之中，这样往往造成原生家庭对孩子成长的不良影响。《红楼梦》中讲的这种缺憾家庭有三种情况。

第一种情况是丧失了双亲，成为孤儿。在《红楼梦》中，这种情况如林黛玉、史湘云、妙玉、秦可卿、晴雯、平儿、袭人等均为孤儿。她们既倔强、聪慧、善良，又充满自卑、孤独、无助，常常表现出不安全感和忧郁的心理。养育这样的孩子，不但要给予物质上的养育，更为重要的是要给予心理上的养育。

第二种情况是单亲家庭，以寡母养育为多。我国古代家庭提倡守节，不提倡改嫁，这就导致了寡母独自承担起育儿的重任。在《红楼梦》中，以薛姨妈为这种情况的典型代表。薛宝钗自幼丧父，如小说第四回中说，宝钗自父亲死了以后，哥哥不能让母亲放心，她只好处处为母亲分忧解难。类似情况还有尤二姐、尤三姐、夏金桂、薛宝琴等。她们之中，有做得好的，也有做得不好的，还有好坏参半的，故在这一讲里，以她们为例进行分析。

第三种情况是虽然父母双全，但家庭教育缺位，特别是父教缺位，即虽然有父亲，但在教育和生活中存在父亲教育缺位的问题，如贾宝玉、贾珍、贾琏、贾蓉等。

随着现代人独立自主意识的提高，对家庭生活质量和爱情的追求，离婚率呈逐渐上升的趋势，这势必出现缺憾家庭教育的问题。了解《红楼梦》中描述的这些家庭教育的“得”与“失”，对我们来说十分具有启发意义。

## 一、薛姨妈家教的“得”与“失”

薛姨妈独立承担着养育子女的重任，既养育了一个贤淑的女儿薛宝钗，又养育了一个“呆霸王”薛蟠，可以说是得失参半。

### （一）薛姨妈培养了宝钗宽厚随和的性格和品格

宝钗“品格端方，容貌丰美……行为豁达，随分从时”，这是宝钗的性格。性格无分对错，大观园里的女孩子，各有各的性格。宝钗最令人钦佩的，并不在她的性格，而在于她处世练达、得体。

薛宝钗来自薛家，也就是“丰年好大雪，珍珠如土金如铁。紫薇舍人薛公之后，现领内府帑银行商，共八房分”的薛家。祖上是紫薇舍人，“紫薇舍人”是中书舍人的别称，一般称“紫微舍人”。唐朝开元初年，中书省曾短暂改称紫微省，取天文“紫微垣”之意。中书舍人为紫微（薇）舍人，又称紫微（薇）郎。中书舍人的职责范围基本是负责起草诏令文书。明清废丞相设内阁，亦有中书科中书舍人，仍掌书写诰敕制诏等，但品级只有从七品，清朝沿明设置。到了薛宝钗父亲这一辈，薛家已经逐渐从当初的文职转变为商贾，宝钗之父领内府银行商，为皇家做一些采买事宜。然而祖上学富五车的氛围还在，“家中有百万之富”，藏书颇多。父亲酷爱“肌骨莹润，举止娴雅”的女儿，令其读书识字，宝钗在父亲的教导下饱览了诗词和《西厢》《琵琶》以及《元人百种》等古典文学作品，对琴棋书画以及儒道佛之经典亦涉猎甚多，可以随口说出诗词名作，能背出《山门》一剧中的《点绛唇·寄生草》全曲；对佛教禅宗南宗六祖惠能亦有自己的感悟。无奈父亲早逝，她便“只留心针黹家计等事”，这对已经在走下坡路的薛家来说，是一种自助、自强的行为。后面提到同样家道中落的史家，也说明了一应针线上的活计，便不花钱请专门的人来做，而是自己动手。

薛姨妈还培育了宝钗善于待人处事的能力。薛宝钗身上具有不同于其他人的特质：世事洞明。她对世事的洞明，对人情的练达，却又不失厚道淳朴。薛宝钗是山中高士晶莹雪，有着非常高洁的人格理想，她之所以劝说宝玉入仕途，并非为着名利，而是希望他能够做一个人格高尚的士大夫，因为这是古时候男子读书的至高理想。

薛宝钗不光性格敦厚，才华也是顶尖的，她在文学、医学、佛学等方面都有涉猎。宝钗的“装愚守拙”符合封建社会“女子无才便是德”的道德规范。在大观园里，她是不亚于潇湘妃子的蘅芜君；论起作画，更是令人叹为观止；论禅讲道，如数家珍……涉猎之广、博学之深，令人十分佩服。

## （二）养育了“呆霸王”薛蟠

薛姨妈在教育儿子方面是有失误的，丧失了丈夫的寡母，往往对儿子溺爱有余，管教不足。小说第四回说：“只是如今这薛公子幼年丧父，寡母又怜他是个独根孤种，未免溺爱纵容，遂至老大无成。”薛蟠“终日惟有斗鸡走马，游山玩水而已。”“一应经济世事，全然不知”，指经营全由伙计办理。加上母亲溺爱纵容，薛蟠吃喝嫖赌齐全，“各省中所有的买卖承局、总管、伙计人等，见薛蟠年轻不谙世事，便趁时拐骗起来，京都中几处生意，渐亦消耗”。

在薛蟠身上可以看到一个“败儿”的形象：打架斗殴、

贪财好色、不学无术，“恶人偏逢恶人磨”，被夏金桂折磨得焦头烂额。这应了“自古慈母多败儿”的古训，薛姨妈对儿子的“富养”和包庇、袒护、溺爱，既害儿子、害家，也危害了社会。薛蟠两次打死人，薛姨妈都找关系、花银子，“摆平”官司，让薛蟠逍遥法外。薛姨妈对薛蟠的恶行从不严加管束，更不注重儿子的“交友圈”。小说第四回写薛姨妈一家搬到贾府后，薛蟠更加放纵，忘乎所以，在此住了不上一个月的光景，薛蟠就熟悉了贾府所有子侄。**“凡是那些纨袴气习者，莫不喜与他来往。今日会酒，明日观花，甚至聚赌嫖娼，渐渐无所不至，引诱的薛蟠比当日更坏了十倍。”**可见，薛蟠变坏与薛姨妈疏于管教是有很大关系的。

在家庭教育中缺乏母教，同样会给孩子造成性格、心理上的缺陷。迎春和惜春同为丧母，只有父亲和哥哥，父亲和哥哥或骄奢淫逸或好道炼丹。相似的身世却形成了不同的性格，导致了不同的人生悲剧。迎春性格懦弱，老实怕事，被人称作“二木头”。她的继母邢夫人待人刻薄，哥哥贾琏、嫂子王熙凤对她毫不关心。父亲贾赦不顾及她的幸福和性命，不听贾政劝告，一意孤行，把她许给“**一味好色，好赌酗酒**”的孙绍祖。迎春“**结褵年馀**”，就被孙绍祖“**揉搓以致身亡**”，又恰逢“**贾母病笃**”，只能“**草草完结**”，造成“**金闺花柳质，一载赴黄粱**”的人生悲剧。惜春母亲早丧，父亲贾敬一味好道炼丹，其他的一概不管，哥哥贾珍奢靡逸乐，嫂子尤氏也与自己不和。失去母亲，父亲和哥嫂又不够体贴，导致惜春在此种环境中形成了“**心冷口冷、心狠意狠**”的性情，最终遁入空门，出家修行，遭遇“**可怜绣户侯门女，独卧青灯古佛旁**”的人生悲剧。

### （三）父教缺失对儿子成长的不良影响

《三字经》中说：“养不教，父之过。”父亲是一个家庭的栋梁，同样承担着教育子女的责任，特别是对于男孩，父亲责无旁贷地要承担主要的责任。曹雪芹在《红楼梦》中思考了父亲在子女成长中的地位和作用的问题。他以贾环为例，批评了贾政教育的缺失。

贾环，这个荣国府二老爷贾政的第三个儿子，在《红楼梦》中绝对不是主要人物，但因为他是一号男主角贾宝玉同父异母的弟弟，且几乎每次他出现，总与宝玉有瓜葛，更因为他急速在歪道上下滑，所以还是给读者留下了较深的印象。

在《红楼梦》中，贾环是一个嫉妒、小气、孤独，报复心极强的人。他是荣国府内复杂的家庭、不良家教的牺牲品。贾环实际上是一个可怜而又可悲的小人物。

父亲贾政首先不喜欢贾环的长相，这一观点在书中第二十三回借其父之眼，在与宝玉对比中被托出：“**贾政一举目见宝玉站在跟前，神采飘逸，秀色夺人；看看贾环，人物委**

**琐，举止荒疏**”，由于只养不教，贾环后来造谣陷害、偷典偷卖、宿娼滥赌、无恶不作，甚至“城门失火，殃及池鱼”，把对凤姐的怨恨，报复到无辜的巧姐身上。

其实，贾环变坏，根本的原因是缺爱。生母赵姨娘对他只会辱骂和挑唆，嫡母王夫人对他难得待见几次，祖母视他若有若无。迎春、探春、惜春、黛玉、宝钗等姐妹们，大多都不愿意跟他一起玩。即便是亲姐姐探春，也不太愿意搭理他。那次元宵节期间，贾环和宝钗的丫头莺儿玩牌输了后想耍赖，耍赖不成，和莺儿吵了几句之后，哭着说：“**我拿什么比宝玉呢。你们怕他，都和他好，都欺负我不是太太养的。**”在贾环的眼里，他发自内心地觉得，自己不如宝玉，自己是庶出的孩子，低人一等。按理说，和莺儿玩牌的事情，他是有过错的。但是，贾环的思维不是这样的，他碰到任何事情，首先想到的是别人看不起他，按这样的思维来判断，而不去思考是不是自己做得不对。为什么他缺乏反思？因为他真的太缺爱，太缺乏引导。这样的孩子会选择自暴自弃，就不难理解了。原生家庭的教育方式，能影响一个人的性格、人品、思维方式和生活习惯。当然，不能把一个人成年后的过失统统归咎于原生家庭，这是片面的思维方式。探春和贾环出生于同一个家庭，都是荣国府的孙辈，名分上都是贾政和王夫人的子女，生母都是赵姨娘。但实际上，他们二人的生活圈子，几乎完全不同。探春几乎常年跟着贾母、王夫人，陪着她一起长大的是迎春、惜春、宝钗、黛玉、湘云等姐妹们，她的生活圈子，相对来说是高雅一些的。但贾环不同，贾环身边除了老婆子和丫头们，就是赵姨娘，赵姨娘粗鄙、妒忌、恶毒，没有见识，心胸狭窄。所以，这对亲姐弟看似是在同一个家庭环境中长大，实际却生活在截然不同的圈子里。探春和贾环二人，不但品行、个性、生活习惯截然不同，就连思维方式也完全不同。探春大气，不爱计较；贾环狭隘，斤斤计较。

## 二、让有缺陷的家庭不留遗憾

有缺陷的家庭之所以存在，原因有很多，既然已经有了缺陷，就要避免给子女造成伤害，要尽量把子女培养成才。

第一，物质上“穷”养，精神上“富”养。许多单亲母亲往往把所有的爱都倾注在子女身上，宁愿自己吃苦，也要让子女穿好吃好，让他们拥有好的物质生活，这本来是无可厚非的。假如仅仅苦自己却不苦孩子就没有必要。俗话说，穷人的孩子早当家，孩子只有体会到父母的艰辛和生活的不易，才能体会到父母的付出。为此，在物质生活上不能过于攀比，保证孩子吃饱穿暖就可以了，但是，在精神上则要“富”养。要培养孩子正确的三观和确定清晰的人生方向，培养良好的品德和健康的心态。我们看寄养于贾府的林黛玉，从物质生活方面看她是衣食无忧的，但她的精神世界是孤独的，是缺乏安全感的。自父亲去世，寄养生活开始，林黛玉就表现出种种敏感。她失去了回到亲人身边的希望，有的只是触景生情的唏嘘。林黛玉在寄养生活中往往只是被动地防御，采取的是自我约束式的消极防卫心理，而不会像薛宝钗那样主动地去“**讨得周围人的欢心**”，乃至“**大得下人之心**”，黛玉陷于孤独似乎是必然的，她很自然地养成了多疑、小气，多愁善感的性格。为此，要培养孩子开朗、豁达的性格，父母应多与孩子进行思想沟通，多排忧解难，努力既成为父母也成为良师益友。

第二，在父母双全的家庭中，父亲的教育不能缺席。如今在许多家庭中，父亲外出打拼，往往无暇顾及孩子，与孩子的交流很少。现在许多男孩接触较多的是女性，在家里是妈妈，在幼儿园、小学接触的多是女教师，导致性格中阴柔有余，刚强不足。

从婴幼儿时期开始，母亲和祖母就是孩子生活和教育中的“主角”，时间一长，作为“配角”的父亲当然跟不上孩子成长的节奏，不知该如何与孩子交流和沟通。多数孩子失去了从父亲那里习得勇气、责任和担当等男子汉性格的机会。

早在一百多年前，鲁迅就在《我们现在怎样做父亲》中明确地提出了“幼本位”的主张。他认为，年长者对于年幼者，“开宗第一，便是理解……倘不先行理解，一味蛮做，便大碍于孩子的发达，所以一切设施，都应该以孩子为本位……第二，便是指导……长者须是指导者协商者，却不该是命令者……第三，便是解放。子女是即我非我的人，但既已分立，也便是人类中的人，因为即我，所以更应该尽教育的义务，交给他们自立的能力；因为非我，所以也应同时解放，全部为他们自己所有，成一个独立的人”。这里的年长者主要指父亲，鲁迅为现代父亲如何教育孩子指明了方向。

父亲不仅是孩子生活中的支柱，更是他们健康人格形成的榜样。父亲对孩子的关爱、理解和引导会直接影响孩子人生观、价值观的形成，男性的力量带给孩子的是解决困难的毅力，是勇于担当的使命感，是积极向上的人生态度。同时，父亲一家之主的身份有利于帮助孩子树立自立自强的意识，这是祖母、母亲等女性角色所不能给予的。《红楼梦》中生于深宅大院，大部分教育由女性长辈承担的贾宝玉，因父爱缺席而阴柔有余、阳刚不足，没有勇于担当的男子汉气度，遇到困难就想逃避。现代心理学研究表明，与男性相比，女性更为多虑、敏感、含蓄，更易心理脆弱。女孩的独立性往往稍差于男孩，因而女孩的成长过程中，更需要父亲的陪伴。唯有母亲的温柔细腻与父亲的阳刚豪放相互补充，阴阳平衡，方有利于孩子健康成长。

第三，要更加注重培养孩子健康的心理素质。在缺憾家庭或残缺家庭中长大的孩子，大多缺乏安全感，容易产生自卑感和孤独感，往往性格比较内向、多疑、懦弱。作为家长，自己首先要乐观豁达，用积极的人生态度去影响孩子，同时对孩子要多鼓励、多交流，培养孩子向上、平和的心理状态和开朗的性格。

# 第六讲

# 谈谈家庭教育方法的『对』与『错』

贾府中的家庭教育方法，基本上传承了中国古代的教育方法，是时代的产物，既有科学的、合理的，也有不科学、不正确的，这就需要去其糟粕、取其精华。谈到家教方法，总的来说，要尊重儿童生理和心理发展规律，尊重每个儿童的成长特点，遵循科学教育规律，讲究时、度、效。我们试从《红楼梦》中借鉴“对”的做法，摒弃“错”的做法。

## 一、《红楼梦》家庭教育方法之“对”

《红楼梦》家庭教育方法之“对”，集中体现在林如海对林黛玉的教育，以及林黛玉对香菱的“诗教”。我们可以概括其可取之处，具体来说，有如下几个方面。

### （一）用经学教育教导如何做人的道理

中国古代教育内容主要是“六艺”，即礼、乐、射、御、书、数。其中经学是主要内容，最基本的是“四书”，即《大学》《中庸》《论语》《孟子》，主要是儒家经典。自董仲舒提出“独尊儒术”后，“四书”基本上成为科举考试的内容，讲的是修身、齐家、治国、平天下的道理。经学教育，主要是解决一个人的世界观、价值观、道德观的问题，影响一个人人生发展的大方向，这是正确和必要的。在《红楼梦》第三回中，“贾母因问黛玉念何书？黛玉道：‘只刚念了《四书》。’”林如海聘请贾雨村当家庭教师，只教了黛玉一年，一方面黛玉聪慧和勤学，另一方面贾雨村教育得法，因此，黛玉学到了许多东西。连贾雨村也赞叹黛玉“不与近日女子相同”。贾政对宝玉的要求也是让宝玉读好“四书”，其私塾教学的内容也是读经。

学习经典应当是人生的必修课，可惜的是当代人大多缺乏对经典的整本阅读、精读和研读。经典是文化的高原。假如一个人能够读懂《易经》《论语》《道德经》，不但在作文、说话上能出口成章，而且能够升华个人思想境界和道德情操。今天，我们为何要读经典？其理由主要有下面几个。

一是，读经典是一种深阅读。经典著作内涵丰富，引人深思，言简而意远，需要慢读、精读。

二是，读经典是一种精阅读。经典著作是思想的精华，让我们懂得文化的源头和特质，如《易经》是“群经之首”，也是中国文化的源头活水，《论语》融汇了中国古代的道德思想，《道德经》含有丰富的中国哲学思想。

三是，经典是圣人相传的心法，它要求我们用心感知、体悟、概括、升华，是心灵的修炼和境界的升华。

中华文化是一种以人为本的文化，又是一种儒道互补的“心的文化”，从儒家的“心的塑造”，到道家的“心的逍遥”，形成一张一弛、互为补充的“心的文化”和关于“生命的学问”。

四是，经典是人生的说明书。经典让我们明确人生的大方向，帮助人们确定正确的三观：世界观、人生观、价值观，构建完善的生命系统：身、心、灵的完善。

### （二）通过立规矩教导孩子养成好习惯

孩子天性好动、好玩，专注力不持久，同时，缺乏明辨是非的能力。为此，必须及早立规矩，使之养成良好的习惯。贾府在家庭教育中十分重视立规矩，用家规规范孩子的行为，教导孩子如何进退应对，在言谈举止、衣食住行等方面立了很多规矩。在贾府中，不论是贾宝玉，还是元春、探春、迎春、惜春，其举止都是彬彬有礼的。林如海对黛玉的教育更是如此。小说第三回写了黛玉初进贾府的举止：“贾母正面榻上独坐，两边四张空椅，熙凤忙拉了黛玉在左边第一张椅上坐了，黛玉十分推让。贾母笑道：‘你舅母你嫂子们不在这里吃饭。

你是客，原应如此坐的。’黛玉方告了座，坐了。贾母命王夫人坐了。迎春姊妹三个人告了座方上来。迎春便坐右手第一，探春左第二，惜春右第二。旁边丫鬟执着拂尘、漱盂、巾帕。李、凤二人立于案旁布让，外间伺候之媳妇丫鬟虽多，却连一声咳嗽不闻。寂然饭毕，各有丫鬟用小茶盘捧上茶来。”

当日林如海教女以惜福养身，云饭后务待饭粒咽尽，过一时再吃茶，方不伤脾胃。

从这段描写中可以看到贾府家教之严、规矩之多和林如海的家教有方。一是古代的媳妇要服侍婆婆吃饭，这是“侍膳之礼”，故李纨、凤姐没有上席。二是座位也是有讲究的，贾母面南，左边为东，贾母坐主位，其他的顺序是东上首、西上首。给黛玉安排上座，黛玉谦让是因为有其他的长辈在座，只有贾母说“**你是客**”后，她才遵命坐下。三是“食不言，寝不语”，在吃饭的过程中“**寂然饭毕**”，这是专注于吃饭，体味饭菜的滋味。四是爱惜粮食，不浪费。林如海教育黛玉“**惜福养身**”，必须把饭吃干净，不能浪费，这就是“谁知盘中餐，粒粒皆辛苦”，从小养成节俭、不浪费的品格。五是饭后用茶水漱口，保持口腔的干净并固齿。林如海对于什么时候喝茶也是有讲究的，要求饭后一小时后才能喝茶，这样才有利于消化。

贾府饭后用茶水漱口，这是有科学道理的，茶水可以洗干净饭后残渣，茶碱有固齿的作用，这是保护牙齿的一个好方法。贾府中的礼仪规范很多，这里就不一一列举了。

在家庭中，立规矩、讲礼仪需要家长做示范，并不厌其烦地强调。比如排队，孩子总会效仿家长，学着爸妈的样子跟在后面认认真真排队，所以要想孩子养成好习惯，不仅需要父母的言传，更要身教。要求孩子讲文明，自己首先要讲文明，要求孩子早睡早起，自己首先不能熬夜赖床。所以，在 6 岁之前，要想培养孩子的好习惯，首先要帮他树立规则意识。

给孩子立规矩不是为了约束他，而是为了让他在安全的范围内更自由地探索世界。知道了界限，反而能获得自由。规矩能让孩子在潜移默化中变得自律，聪明的父母会给孩子制定基本的行为规范和指导性的处事原则。养成习惯后再放手，唠唠叨叨和事事操劳便会自然而然地减少。给孩子立规矩时，父母的态度和方式也很重要，要尊重孩子的内心，用理解来赢得合作，如此孩子才容易接受。

### （三）用启发式教育提高表达能力

《红楼梦》中讲教育方法最为集中的是林黛玉教香菱学诗，这对父母教育子女也有一定的启发意义。小说第四十八回《慕雅女雅集苦吟诗》中，对林黛玉的教育方法做了系统的介绍。

首先，林黛玉注重学习的主动性。《易经》“蒙”卦讲，学习是“童蒙求我”，而不是“我求童蒙”，学习必须是学习者有主观愿望、有兴趣，乐意向别人请教，才有内在的驱动力，如果学习是来自外部的压力，自然会变成一种苦役。香菱学诗是主动求教，没有外力的强迫。

其次，林黛玉在“诗教”中善于循序渐进，循循善诱。黛玉道：“什么难事，也值得去学！不过是起承转合，当中承转是两副对子，平声对仄声，虚的对实的，实的对虚的，若是果有了奇句，连平仄虚实不对都使得的。”香菱笑道：“怪道我常弄一本旧诗偷空儿看一两首，又有对的极工的，又有不对的，又听见说‘一三五不论，二四六分明’。看古人的诗上亦有顺的，亦有二四六上错了的，所以天天疑惑。如今听你一说，原来这些格调规矩竟是末事，只要词句新奇为上。”黛玉道：“正是这个道理。词句究竟还是末事，第一立意要紧。若意趣真了，连词句不用修饰，自是好的，这叫做‘不以词害意’。”

林黛玉教香菱作诗，告诉香菱：要么不学，要真学作诗，就必须找一套经典教材认认真真地训练、感悟，扎扎实实地学，把根底打牢，最经典的作品才能夯牢基础。所谓“取法乎上”便是这个道理。她的父亲必然也是这样教导她的。如今她也自然而然地用同样的方式教香菱。

最后，林黛玉在“诗教”中注重自我体悟、反复实践，注重引领香菱领会诗境。

香菱笑道："据我看来，诗的好处，有口里说不出来的意思，想去却是逼真的。有似乎无理的，想去竟是有理有情的。"黛玉笑道："这话有了些意思，但不知你从何处见得？"香菱笑道："我看他《塞上》一首，那一联云：'大漠孤烟直，长河落日圆。'想来烟如何直？日自然是圆的。这'直'字似无理，'圆'字似大俗。合上书一想，倒像是见了这景的。若说再找两个字换这两个，竟再找不出两个字来。再还有'日落江湖白，潮来天地青'：这'白''青'两个字也似无理。想来，必得这两个字才形容得尽，念在嘴里倒像有几千斤重的一个橄榄。还有'渡头馀落日，墟里上孤烟'：这'馀'字和'上'字，难为他怎么想来！我们那年上京来，那日下晚便湾住船，岸上又没有人，只有几棵树，远远的几家人家作晚饭，那个烟竟是碧青，连云直上。谁知我昨日晚上读了这两句，倒像我又到了那个地方去了。"

正说着，宝玉和探春也来了，也都入座听他讲诗。宝玉笑道："既是这样，也不用看诗。会心处不在多，听你说了这两句，可知'三昧'你已得了。"黛玉笑道："你说他这'上孤烟'好，你还不知他这一句还是套了前人的来。我给你这一句瞧瞧，更比这个淡而现成。"说着便把陶渊明的"暧暧远人村，依依墟里烟”翻了出来，递与香菱。香菱瞧了，点头叹赏，笑道：“原来‘上’字是从‘依依’两个字上化出来的。”

黛玉让香菱“细心揣摩”，她则在一旁相机诱导，于关键处略加点拨。当香菱笑吟吟送书来时，黛玉问：“可领略了些滋味没有？”香菱笑“领略了些”，黛玉并不以老师自居，而说“正要讲究讨论”；当香菱讲“诗的好处，有口里说不出来的意思，想去却是逼真的。有似乎无理的，想去竟是有理有情的”，黛玉听了十分高兴，认为香菱道出了诗歌“可以意会，不可言传”“诗无达诂”“无理而妙”的境界，便因势利导：“这话有了些意思，但不知你从何处见得？”香菱以王维的名句“大漠孤烟直，长河落日圆”和“渡头馀落日，墟里上孤烟”等句为例，讲了她体会到的“滋味”，称这些诗句“念在嘴里倒像有几千斤重的一个橄榄”，宝玉听了，大加赞赏，道：“会心处不在多，听你说了这两句，可知‘三昧’你已得了！”黛玉自然是赞同他这种鼓励性评论的，但作为老师，她继续引导香菱向更深远的境界探寻。她告诉香菱，她引用的后例，是从陶潜的“暧暧远人村，依依墟里烟”中翻出来的。香菱叹道：“原来‘上’字是从‘依依’两个字上化出来的。”而这个“化”字，正是黛玉要点拨的地方之一。

一向清高的黛玉在整个过程中，不见任何傲人之气，只有亲切热情。宝钗觉得女子学诗不守本分，黛玉却没有任何顾忌和芥蒂地教一个奴婢学诗，体现了她在诗教中诲人不倦、甘为人梯的精神。

## 二、贾府中家庭教育方法之“错”

在贾府中最错误的教育方法是溺爱，贾母、王夫人、薛姨妈等均如此。这方面的内容在前文已经涉及，这里再列举一些。

第一，体罚教育。体罚教育在古代是很常见的，有的甚至发展为“家庭暴力”。这种错误的教育方法除了贾政使用，还有贾代儒。贾瑞的死，也有贾代儒的一份责任。贾瑞患了单相思，想勾引王熙凤，王熙凤第一次设局，让他冻了一夜，谁知贾瑞不思悔改，王熙凤又第二次设局，不但让他冻了一夜，而且用大粪浇了他一身。好不容易回家以后，贾代儒又怪贾瑞说谎，不管三七二十一，进行了体罚。小说第十二回《王熙凤毒设相思局，贾天祥正照风月鉴》：“原来贾瑞父母早亡，只有他祖父代儒教养。那代儒素日教训最严，不许贾瑞多走一步，生怕他在外吃酒赌钱，有误学业。今忽见他一夜不归，只料定他在外非饮即赌，嫖娼宿妓，那里想到这段公案，因此气了一夜。”当贾代儒见到贾瑞回来以后，不容分说，一顿狠打，“发狠到底打了三四十板，不许吃饭，令他跪在院内读文章，定要补出十天的工课来方罢。贾瑞直冻了一夜，今又遭了苦打，且饿着肚子，跪着在风地里念文章，其苦万状。”贾瑞因鬼迷心窍，风寒伤身，加上贾代儒的体罚，再加上后面凤姐再次用计，导致他精神与肉体受到双重打击，终于一病不起，最后一命呜呼。

惩罚是父母教育孩子的方式之一，但也是一门学问。罚轻了，孩子不长记性；罚重了，又会让孩子承受不了。首先，惩罚必须以不伤害孩子的身心为前提，要把握好度。其次，要帮助孩子认识到犯错的根源、后果，并指出改正的方法。让他们得到警醒，关键在于帮忙指出应如何改正。最后，孩子犯错了，父母不必评判，也不必说教，让孩子自己体验行为后果。

贾代儒、贾政的棍棒教育，可以称为家暴。这种家暴，无论是“明暴力”还是“冷暴力”，对孩子都是巨大的伤害。拒绝暴力是家庭教育的底线，是建立亲密、和谐亲子关系的根本。

社会暴力的根源在家庭。有研究表明，在家里遭受暴力特别多的孩子，社会犯罪率会更高。有犯罪行为的青少年，其原生家庭中家长往往有暴力倾向，父母对孩子的暴力行为轻则为孩子留下心理阴影，恶化亲子关系，重则助长孩子的暴力倾向，造成伤害他人的行为。

第二，训斥孩子。有些家长为了体现自己的威严，动不动对孩子进行责骂，甚至粗话连篇。孩子与父母之间的关系，有如猫鼠关系，贾政对待宝玉、赵姨娘对待贾环就是如此。

贾政对待宝玉，一开始就相信迷信，带有偏见，早就在心里埋下了厌恶的情感。小说第二回《冷子兴演说荣国府》写了贾政让小宝玉抓阄：**那年周岁时，政老爹便要试他将来的志向，便将那世上所有之物摆了无数，与他抓取。谁知他一概不取，伸手只把些脂粉钗环抓来。政老爹便大怒了，说："将来酒色之徒耳！"因此便大不喜悦。**其实，抓阄可以作为一种娱乐方式，并没有什么科学依据，据此判定一个人的志向和作为，是很迷信的。

贾政对宝玉的聪慧和才华，不但视而不见，不肯定、不表扬，反而加以贬低、斥责，甚至辱骂。第十七回《大观园试才题对额》，宝玉拟的匾额和对联不但有内涵、有意境，而且有文采。但贾政一路上一直训斥，如宝玉在题"**有凤来仪**"时，斥责说：**无知的蠢物**。在题"**稻香村**"时，一声喝断："**无知的业障！**"在题"**蓼汀花溆**"时，"**贾政听了，更批胡说**"。在宝玉讲花卉时，**贾政喝道："谁问你来！"唬的宝玉倒退，不敢再说**。小说第二十三回写到宝玉给袭人起名一事，贾政指责宝玉"**专在这些秾词艳赋上作工夫。"说毕，断喝一**

**声：“作业的畜生，还不出去！”**称孩子为畜生、蠢物，对孩子的自尊心是极大的伤害，且不顾场合，更使孩子无地自容。贾政最后听信谗言，几乎要把宝玉打死。

赵姨娘对儿子贾环的教育也是如此，素日常怀嫉妒之心，对凤姐、宝玉恨之入骨。赵姨娘经常挑拨、教唆贾环做坏事，造成了贾环猥琐、耍赖的性格，还诬告宝玉。日常生活中，对贾环常常咒骂，没有教育和劝导。

尊重和保护孩子的人格尊严，是父母对孩子的基本态度。对孩子采取“俯视”的态度，居高临下，动辄训斥，会对孩子的心灵造成极大的伤害；对孩子采取“仰视”的态度，把孩子捧在手中，含在口里，百般依顺，娇宠过度则会助长孩子的任性。正确的态度是“平视”，尊重人格，有效沟通。

教育孩子的前提，首先是保护好孩子的自尊，这比纠正对错更重要。只有维护孩子的自尊，教育才能达成效果。作为父母，不可随意开孩子的玩笑，如起不雅的绰号。不可当众揭孩子的短处，不在公共场所打骂孩子，还有一个很容易被忽略的点，就是不要过分谦虚，这会伤害孩子的自尊。比如，当着孩子的面和别人聊天时，家长喜欢说：“我们家孩子不行，有这个毛病，那个毛病。”这种对话会给孩子造成负面影响，降低孩子的自尊水平。保护孩子的自尊心，其实是在保护他的潜在力量，最高明的教育是让孩子知道，你以他为荣。

第三，青春期教育的缺失，特别是性教育的缺失。青春期是少男少女生理、心理变化最大的时期，也是烦恼最多的时期。青少年身高、体重的急剧增长以及第二性征的发育均在青春期发生。在这一时期，青少年的身体和生理机能发生急剧的变化，主要表现在身体外形的变化、体内机能的增强以及性的发育和成熟三个方面，这就是青春期生理发育的三大巨变。

在封建时代，人们谈性色变，将性统统当作下流的东西，青春期的性教育自然成为禁区，《红楼梦》里的少男少女们难免会有无穷无尽的想象和烦恼，做出许多违反性健康、性道德的事。突出的表现为：一是有同性恋的倾向，这在宝玉、薛蟠身上都不同程度存在；二是早恋，过早偷吃禁果，如宝玉与袭人出现云雨情是在 10 岁左右的时候；三是单相思、双相思而得不到满足，心情极为郁闷，如贾瑞暗恋凤姐、小红暗恋贾芸，从而陷入无限的烦恼之中。

青春期的性教育是家庭教育不可缺失的内容，这个责任应当由家长和老师共同承担，最好由爸爸与儿子、妈妈与女儿说“悄悄话”来完成，帮助他们掌握生理知识，确立正确的恋爱观、爱情观，特别是女孩要有自我保护意识。当孩子在这方面遇到困扰时，要及时帮助其排解。

## 三、把握好新时代教子之方，育子之法

新时代家庭教育中，应尊重孩子身心的健康成长，随着时代文明和进步，既要传承好中国古代好的家教方法，又要吸收当代优良教育成果，并加以丰富、创新和提高。这些科学的教育方法概括起来有如下几个方面。

### （一）真诚沟通法

亲子之间的良好沟通是建立和谐亲子关系的重要方面，而和谐的亲子关系首先建立在互相尊重、互相理解的基础上。要在恰当的时机，以合适的方式，用真诚的态度进行沟通，才能达到良好的效果。

首先，教育时机的选择要恰当。比如，可选择在饭后休息时，或者节假日一家人聚会娱乐时沟通，通常在这种轻松的氛围下，孩子的精神比较放松，心情比较愉悦，此时，可以心平气和地与孩子沟通。

其次，沟通次数要少而精。沟通的效果与时间长短、次数多少并不一定成正比，过多的谈话会招致孩子反感。所以，父母与孩子交流时要把握一个度，每次时间不要太长，只要把想说的内容表达清楚即可，不要长篇大论。谈话态度要把握好。对于那些心理压力过大的孩子，在刚开始沟通时，父母可

能会遭到拒绝或迫使孩子说出过激的语言。当交流不畅的时候，父母要把握好自己的态度，切忌当场发怒，激化矛盾，要尽量淡化矛盾，及时转变话题，转移孩子的注意力，等孩子平静下来后，再找其他恰当的时机，引导孩子反思。

最后，要坦诚对话。“真诚能打动一切”，与孩子对话态度要真诚。父母不要总是高高在上，要将孩子作为平等的人来交流，谈话最好开诚布公，把最真实的想法和情况当面说出来，给孩子一个表达的机会。父母不要旁敲侧击或避重就轻，否则无法达到交流的目的。

### （二）共同成长法

家庭教育是父母与子女共同成长的过程，是教学相长。家长在教育孩子的过程中，不但能够得到快乐，也能从孩子的天真、率直中得到心理、精神上的慰藉。家庭教育的广泛性、情感性、融合性、深刻性更多地体现在日常生活的细节处，对于家庭教育细节的把握、处理和反思是父母教育智慧的体现，它可以传递家庭教育中的真、善、美，也会在无形中塑造孩子的未来。

真正关心孩子，就要对孩子的感受始终保持敏感。当孩子遇到问题感到无助时，父母若能在第一时间好好听他讲述原委，了解他行为背后的原因和细节，并帮他耐心分析，教他应对的方法，孩子会更容易听进父母的话，会产生“有人关心我”的感受，从而对父母心存感激。此时，父母关注的是真实的事件、真切的情感，而不是带着情绪进行主观判断，自然也会取得较好的教育效果，赢得孩子的信任。父母和孩子就事论事、冷静客观地探讨问题时，就是在用实际行动告诉孩子，除了情绪失控，还有更好的处理问题的方式。当父母耐心聆听孩子讲述事情原委时，就会让获取信息更完整、更全面，避免造成误解。当孩子愿意跟你倾诉和探讨时，就说明他对你是信任的，因为他感受到了你对他的尊重和关心……父母对于事实细节的尊重，对于孩子反馈的尊重，也在为孩子今后如何处理问题做榜样。

当孩子身上出现问题时，父母要不断反思自己，从自己身上寻找原因，而不是一味责骂孩子。没有人天生就会做父母，而是做了父母之后才开始不断完善这一角色。在家庭教育细节上不断反思，不但可以帮助父母成长并发展自我，还能引导孩子成为更善良、更健全的人，成为“心中有他人”的人。

如何看待别人的成功，是反映一个人是否具有成长型思维的标准之一。固定型思维的人会将他人的成功视为威胁，并引发不安及脆弱感，成长型思维的人则将他人的成功看作激励的来源。家长在聆听类似话题时，如果能抓住孩子的语气、表情等细节，加以反思，作出引导，不仅及时肯定孩子看待别人成功的态度，还帮助孩子认识到自己仍有进步空间，其实就表明了自己的价值观，为孩子树立了榜样。

家庭教育所传达出的真、善、美，就蕴藏在日常生活一句句富有教育性的话语中、一个个经过反思后处理的细节中。家庭教育是生活的教育，应该重视细节的力量，在细节中呵护人性，培养孩子的思维品质、精神气质，通过积少成多来引发更大的改变，让日常生活成为滋养孩子成长的不竭动力。

### （三）顺应自然法

孟子认为，对人的教育要顺应天性，“存心养性”的功夫是保留天性，把天赋的善性保存、扩充和发展，化掉不良的习性。顺应自然，就是遵循儿童的成长规律和认知规律，不能冒进，更不能拔苗助长，孟子反对冒进：“其进锐者，其退速。”（《孟子·尽心章句上》）家长不要急于求成，更不要拔苗助长。许多家长担心孩子输在起跑线上，便一开始就给孩子加压，给孩子造成极大的心理压力。家长应当顺应孩子的认知规律，着眼于大的发展方向，着眼于全面发展，着眼于持久用力。

### （四）因材施教法

《学记》曰：使人不由其诚，教人不尽其材，其施之也悖，其求之也佛。夫然，故隐其学而疾其师，苦其难而不知其益也。

意思是说，如果对待学生不从诚心实意出发，教学生不能发挥才智，施教的方法违背情理，要求其乖戾失常，就必然使学生因痛恨学习而厌恶老师、厌恶学习而不知道学习有什么益处，或者产生厌学情绪。这是由于教师教学不得法，没有激发学生的兴趣，发挥学生的长处导致的。家长对孩子进行教育时也应明白这个道理，从孩子的兴趣和天赋出发，尊重孩子的个性，让他们自由地发展。

孔子教育学生，根据学生的不同禀赋、性格施以不同的教法。每一个学生的习性、兴趣不同，智力也有高下，为此，要因材施教，扬长避短，给予不同的引导。孔子说：“中人以上，可以语上也；中人以下，不可以语上也。”（《论语·雍也》）这是说对中等水平以上的学生，可以教给他高深的学问，对中等水平以下的学生，不可以教给他高深的知识。这就是在要求根据学生的实际程度，讲授适合学生能力范围的内容。孟子说：“君子之所以教者五：有如时雨化之者，有成德者，有达财者，有答问者，有私淑艾者。此五者，君子之所以教也。”（《孟子·尽心章句上》）这是在说，君子教育人的方法有五种：有像及时雨那样化育万物的，有帮助其成就德行的，有培养才能的，有解答疑难的，有凭借学养而使人私下受到教诲的，这五种都是君子用以教育人的方法。这就是说，要根据学生不同的禀赋和具体情况，因材施教，各适其性，各用其法。

### （五）循序渐进法

《周易》有一卦叫“渐”卦，讲的是循序渐进的法则。“渐”卦的卦画是上卦为巽，下卦为艮，巽为木，艮为山，以“山上有木，顺势而长”表征事物并非突长，而是渐生，徐而不速为渐。“渐”卦寓意为：君子治学为事，应循序渐进，不急不躁，不断累积，实现由量变到质变的升华。

渐进，是成长，是希望！循序渐进法在教育中应用时有如下要求：一要徐而不速；二要顺应时变；三要循序而进。

《学记》认为教育要从“小成”向“大成”发展：“一年视离经辨志；三年视敬业乐群；五年视博习亲师；七年视论学取友，谓之小成。九年知类通达，强立而不反，谓之大成。”

第一年考查学生阅读经文的能力，辨别学生的志向；第三年考查学生是否重视学业、友爱他人；第五年考查学生是否学习广博、专精，敬爱师长；第七年考查学生讨论学术水准的高低，分辨学友的良莠，这些称之为“小成”。第九年做到学识通达，触类旁通，自强自立而不违反师教，称之为“大成”。这就是进阶式的学习，由浅入深，由博到专，由专到约。

## （六）观摩省察法

《易经》在教育的法则上更强调“观摩省察”法，《周易》的“观”卦讲的就是这一法则。

《序卦传》说：“《临》者，大也。物大然后可观，故受之以《观》。”“观”是由下而上地察看，是一种观仰、一种学习。观是仔细地观察大自然的变化，掌握这种变化的规律和哲理；临是发现问题，观是通过探索未知而掌握知识。那么，如何“观摩省察”呢？一是要眼观，更要心观；二是要近观，更要远观；三是要观己，更要观人。

家长要让孩子“读万卷书”，更要让孩子“行万里路”。家长陪伴孩子到大自然中去，到各种博物馆、艺术馆中去，是最好的学习。

## （七）宽严相济法

《易经》认为齐家要宽严相济，首先要“严”字当头，要立规矩，“教之以义方”，但也要把握好度，既是长辈，又是师长。

“九三：家人嗃嗃，悔厉，吉，妇子嘻嘻，终吝。”意思是：家教严酷，家中常有训斥之声，但严管是爱，终得吉祥；家教不严，嬉笑打闹，家人贪图安逸，最终没有好结果。

发出“嗃嗃”之声的，象征家长有威望、有权威，很严厉；发出“嘻嘻”之声的，家长软弱无能，失之于宽。“嗃嗃”“嘻嘻”，一为“吉”，一为“吝”，不同的声音呈现出的是相反的结果。《易经·家人》曰：“家人有严君焉，父母之谓也。”意为家庭中有严厉、正派的长辈，这就是父母。

### （八）以身作则法

俗话说，“说一千道一万，不如做一事”，家长的一言一行都是无声的教育，家长以身作则是齐家的前提条件。《易经·家人》曰：“君子以言有物而行有恒。”这是说君子要明白，日常居家小事亦关乎“风化”之理，要注意自修小节，不能口不择言，居家行事必守恒不变，这就是齐家以修身为本，修身以言行为先。家长要率先垂范，为孩子作出榜样。

### （九）表扬鼓励法

有的父母经常夸奖孩子“非常棒”“真聪明”，但是，这样做对吗？心理学研究表明，如果没有用心地观察、客观地评价，只是随随便便地赞美，反而会使孩子失去自我判断能力。所以，表扬鼓励孩子时，要注意以下三点。

一是看重过程，而不是结果。心理学家德韦克曾提出，不同的夸奖方式会养成两种不同的心智模式：夸孩子努力的过程，会给孩子一个可以自己掌控而取得成功的感觉，会养成成长型思维；夸奖孩子聪明，就等于告诉他们成功不在于自己的努力，只是聪明所致，会养成固化型思维。夸得对，就会让孩子更看重自己努力的过程，让孩子在面对艰难的任务时更懂得坚持不懈。

二是要表扬孩子行为中的细节。当孩子在某件事情上做得很出色的时候，记得表扬细节，说得越具体越好。比如：“孩子，你现在画的画，色彩搭配比之前更协调了，有很大的进步。”越夸在细节上，孩子的成长越快。

三是要提出向上努力的目标，防止骄傲自满，让孩子知道他还可以做得更好。

# 后记

教育，是百年大计，国之大计。

教育，小到影响一个人、一个家庭，大到影响一个国家、一个民族。对一代人的教育和培养，需要从小抓起。因而，面向少年儿童的教育，是一个国家整个教育体系的根基。优化国民教育体系，就要从优化基础教育抓起，让孩子从小就有一个良好的成长环境。

但长期以来，一谈教育，我们更多关注的是学校教育，强调学校教育对培养孩子的作用，家庭教育往往被忽视，至于如何创设良好、健康的家庭教育环境更是少有人问津。事实上，一个人的成长，首先受到的是来自家庭、来自父母的影响，且这种影响具有不可替代性。

青少年价值观的形成始于家庭，家庭教育是教育的起点和基点，对于一个人品德形成、道德养成、价值观的培育具有独特而不可替代的重要作用。

家是最小国，国是最大家。我国的“家文化”源远流长，家风、家规、家训等是“家文化”的核心内容，虽然具体到各个家庭有所不同，但追本溯源，都是以儒家的仁义礼智信、刚强勇毅作为主要内容，作为思想核心，以修身做人作为立身之本，亲爱立家、和顺齐家、忠孝传家、勤俭治家、谨慎保家、家国一家，形成了中国的好家风、好家教。

古人曾讲：“人生至乐，无如读书；至要，无如教子。”“爱其子而不教，犹为不爱也；教而不以善，犹为不教也。”这些经由历史积淀而形成的传统家庭美德，已经被深深地铭记在中国人的心中，融入了中国人的血脉中，是支撑中华民族生生不息、薪火相传的重要精神力量，是家风建设的宝贵精神财富。

新时代建设好家风的内容有很多，可以概括为真、善、美的统一。在懵懂困惑中求得真知，在困顿艰难中坚守一份善意，在纷繁芜杂的大千世界中获得一幅幅美的画卷。“唯真”“求善”“至美”对于孩子一生的成长都是奠基性的。让每个孩子成为最好的自己，是教育的初衷与追求，对真、善、美的探寻与守望是教育永恒的真谛。

首先，要培养孩子做一个真我、本我的人，努力超越自我。陶行知说:“千教万教教人求真，千学万学学做真人。”作为家长，要始终怀着真情、真诚、真心去引导孩子、教育孩子，鼓励孩子有好奇心和想象力，积极地去探求未知的世界，追求真理，培养孩子自信、自强、自尊、自爱的情感，养成合作、互助、友好的人际关系，乐观、向上的心态，拥有拓展思维的能力和热爱生命的意识。当代社会中，功利、浮躁是常事，为人父母者，应不断警惕功利主义教育，不做填鸭式的知识灌输，不以考试成绩为唯一追求，要踏踏实实地做学问，掌握科学思维；要努力培养孩子的个性，塑造孩子良好的品质，让孩子幸福快乐地学习、生活，而不是扼杀个性，囚禁身心，让孩子成为考试的机器。

其次，要培养孩子成为一个善良的人。为人是为学的前提，善良是做人的底色，正确的三观是人生成长的大方向。因此，唯有家长待人接物怀着仁爱之心，才能帮助孩子更好地立足于社会，在人生道路上走得更远。家长要真诚地关爱孩子，用善去理解和包容孩子而不是用自己的衡量标准去强迫孩子。如果家长始终有向善之心、行向善之为，那么孩子也会善待自己，乐观向上；会善待他人，珍爱生命；会善待自然，爱护环境；会善待社会，传递善意。家长对孩子的善就是在孩子的内心种下一颗“善”的种子，无数颗种子在社会的土壤中生根、发芽、开花、结果，再传播，我们的社会就能成为善的社会。

一个具有善心、善德、善言、善行的孩子，一定会成功地立足于社会。

最后，要培养孩子高雅的审美情趣。苏霍姆林斯基说："美是道德纯洁、精神丰富和体魄健全的强大源泉。"美，能激发情感，使人积极向上；美，能陶冶情操，健全人格；美，能启迪心智，创造世界；美能传递，能感染，能让世界变得更美好。美的教育能培养精神富有、气质高雅、积极向上的孩子。家庭教育就是一场至美的修行。真、善、美三者相辅相成，缺一不可。家长应该坚定不移地为孩子树立对美的向往、不断强化向善的本性，鼓励孩子勇敢求真，既要脚踏实地，还要仰望星空、心怀梦想。

历史经验证明，家教良好，未来才有希望；家庭和睦，社会才能安定；家风纯正，社风才会纯净。无论时代如何变迁，无论经济如何发展，家庭的社会功能都不可替代，家庭的文明作用都不可替代，因此，必须注重家庭、注重家教、注重家风。"悠悠万事，唯此为大"，家教与家风，紧密相关。

期待广大家长能从《红楼梦》的家教事例中得到启示，吸取智慧、经验和教训，做一个优秀的家长，培养出报效祖国、创造伟业的栋梁之材，让千千万万的家庭获得幸福和美满！

# 参考书目


1.（清）曹雪芹，（清）高鹗 . 红楼梦 [M]. 北京：人民出版社，2004.

2. 唐明邦 . 周易评注 [M]. 北京：中华书局，1995.

3. 周汝昌 . 红楼夺目红 [M]. 北京：作家出版社，2003.

4.（清）曹雪芹，脂砚斋 . 脂砚斋重评石头记（甲戌校本）（修订版）[M]. 北京：作家出版社，2000.

5. 杨伯峻 . 论语注释 [M]. 北京：中华书局，2022.

6. 杨伯峻 . 杨伯峻四书全译 [M]. 北京：中华书局，2022.

7. 恽如伟，戎年中 . 陈鹤琴"家庭教育"家长实用手册 [M]. 南京：南京师范大学出版社，2019.

8. 陈鹤琴 . 家庭教育与父母教育 [M]. 上海：上海人民出版社，2016.

9. 柯小卫，束菱舟 . 陈鹤琴教育箴言 [M]. 上海：华东师范大学出版社，2013.

10. 陈鹤琴 . 家庭教育 [M]. 北京：商务印书馆，2019.

11. ［奥］阿尔弗雷德·阿德勒 . 儿童教育心理学 [M]. 北京：民主与建设出版社，2020.

12. 顾农 . 中国中古文学史 [M]. 南京：凤凰出版社，2022.

13. 赵园 . 家人父子：由人伦探访明清之际士大夫的生活世界 [M]. 北京：北京大学出版社，2015.

14. 郭泳 . 中华文明的开端——夏史 [M]. 上海：上海人民出版社，2015.

15. 张海英 . 中华文明的开端——明史 [M]. 上海：上海人民出版社，2023.

16. 冯贤亮 . 中华文明的开端——清史 [M]. 上海：上海人民出版社，2022.

17. 金开诚 . 中国古代家庭教育 [M]. 长春：吉林文史出版社，2011.